中公文庫

あるようなないような

川上弘美 著

中央公論新社

目次

1

困ること　13
蛇や墓や　18
祭の夜　23
秋の空中　25
かばん症　28
豆腐屋への旅　34
あめつちにつづく道　37
丸四角　44
嫌　48
蹴ってみる　53

なまなかなもの　55
頭蓋骨、桜　62
「きー」　65
どうしよう　68
ずれる　70
花火　72
電話　74
海　76
散歩　78
恐怖症というもの　80
酒無き国　82
晴れますように　84
境目　86
水にうかぶ桜　91
裏側の風景　95

2

魚の顔 105
不明 108
海のもの 111
近所の大仏 115
小説を書きはじめたころ 118
活字のよろこび 121
図書館と屈託 125
弟・京都・金魚すくい 128
武蔵野のこと 133
遠いらっぱ 136
立ってくる春 139
桜 143
買い物のよろこび 146
世界の終わりの『サザエさん』 149

Ｍｏｎｋｅｙ 152
穴 155
見ぬもの清し 159

3

読書ノート 163
この三冊 166
ゆるやかに効く薬 168
しみこみやすい人 171
私のベスト2 一九九八 173
バラード、だいすき 176
おいしい小説 181
読書日録 188
わが青春のヒロイン 一九七四年 192

私の一冊　夏目漱石『文鳥』　195
生肉のこと　197
まじないとしての少女マンガ　201
未熟さを選ぶ者たち　205
たぐいまれなる友　209
川端文学・私の一篇『掌の小説』　213
ごうつくばあさま　215
恋文　217
短歌と俳句――ということでもなく、言葉であらわす諸々のことについてなど　219
近代俳句・この一句　223
わたしの好きなこの一句　226
鳩である　228

4

エレクトロニックカフェに行った　235

あるようないような1　240
あるようないような2　245
あるようないような3　250
あるようないような4　255
あるようないような5　260
あるようないような6　265
あるようないような7　270
あるようないような8　275
あるようないような9　281

あとがき　287
文庫判のためのあとがき　289
初出一覧　291

あるようなないような

1

困ること

何が困るかというと、長い冬が終わって春になることが、困るのである。

以前から「変わり目」というのが不得意だった。

秋から冬にかけて寒くなっていくということに関しては、うまい勾配がついているらしく、変わり目というものを殆ど感じない。夏から秋と春から夏への移り変わりの時期には雨が多く降るので、そちらに気をとられて、これも変わり目ということの感じ方が少ない。

ところが、春というものは、いかにも春めいた顔をしてやって来るのではないだろうか？　氷は溶け、葉は芽吹き、花は咲き、温度は上がり、空気はいい香りになり、虫は出てくる。いかにも派手ではないか？

こう派手にやって来てくれると、こちらもつい派手に出迎えてしまうことになる。「春だ春だ」と言いながら、通りに浮かれ出る。浮かれ出ると、そりゃあいろいろなことに会ったりしてしまう。

たとえば三年前の春にはこんなことがあった。

後ろから足音が聞こえるのである。春の昼の足音であるから、差し迫ったものではない。

夜に聞こえる後ろからの足音とは違う。それでも、あまり人通りのない通りでの足音は、気になる。振り向こうか振り向くまいかと迷うだけで、汗ばんでしまう心地になる。振り向く決心がつかないので、止まって梅の花の匂いかなんかを嗅ぐ身振りでやり過ごそうとした。ところが足音は、こちらが止まると同時に止まったのである。仕方なくまた歩き始めると、足音も同時に始まる。足取りを遅くすると、足音も遅くなる。早めると、あちらも早まる。そのうちにだんだん怖くなってきて走りだしたくなった。ここで走りだしては負けだと思って我慢するが、何が負けなのかはよくわかっていない。足音はのどかな音である。害のなさそうな音である。ただし害があるかないかは、害を加えられるまでは判断がつかない。遂に決心して振り向いた。後ろには何もいなかった。

二年前にはこんなことがあった。

見知らぬ子供がいる。一人でぼうっと歩いている。追い越そうとすると、並んできた。小学校に入るか入らぬかくらいの子供である。しばらく黙って並んだ後に、案の定話しかけてきた。

「あのね、こないだ買い物行ったの」そんなことを喋る。子供と喋るのはあまり得意でないので、「そお」などと曖昧な返事をしていたが、子供はかまわず喋り続けた。「買い物は楽しいよ」「そお」「何買ったと思う」「さあ」「だるま買ったんだよ」驚いて、え、というような声を出すと、子供はずいぶん得意そうにした。ははあこれは言い慣れたことなのだなと見当をつけた。これを言えば相手は笑ってくれるとわかっているんだなと思った。笑ってやるもんかと、知らんふりをした。

「だるまとね、あとなす買ったよ」茄子と出た。ちょっと意表をつかれた。でも驚いていないふりをしていた。大人げないことだと思いながら、我慢した。「あとはね、においだま買ったよ」匂い玉？　何かの専門用語なんだろうか。匂いのする玉か。テニスボールくらいある玉なのか。それともくす玉のようなもので割ると一時に匂いがたつのか。我慢ができなくて、つい聞いてしまった。「においだまって、何」「あげる」子供はそう言って、ポケットから米粒くらいの大きさの蠟のようなものを一摑み取り出して、こちらの掌に押しつけた。安っぽい匂いがする。子供の手は湿っていた。匂い玉は、湿った子供の手に何粒かはりついたまま残った。はりついた匂い玉を眺めているうちにむずむずする気持ちになって、子供から離れたくなった。でも匂い玉をもらってしまったので、もう離れるわけにはいかなくなっていた。やられた、と思いながら、最後まで離れられなかった。

去年はこんなことがあった。

いつも散歩の途中ですれ違う人と挨拶を交わしたのである。顔見知りだが会話をすることはなかった。それが、春で、お互いにうきうきしていたのだろう。「こんにちは」の後に「よくお会いしますね」と続けてしまった。そうなると、自然に並んで歩くことになってしまう。前の年の子供と違って、お互いに所在ないことがわかっている。「桜はもうすぐですね」「梅はそろそろ終わりでしょうか」以上の話はないのに、並んでしまったのがいけない。話が途切れたまま分かれ道に来たところで「では」と言って別れればよかったのに、何かの拍子で相手が「サボテンが」と始めてしまったのである。たぶん散歩の途中に考えていたことなのだろう。

「都市の緑が少ないでしょう」相手は突然始めた。「都市緑化計画というのがありましてね。屋上に緑を植えるっていう計画らしいんですが」話し始めて、初対面に近い人間に話す話題ではないことに相手も気がついていることがわかった。いかにも気の進まない口調なのであった。しかしもう止められない。「ところが、屋上に緑を生やすには土がいる。この土の重さというのが馬鹿にならない。そこで」早口であった。語り終えたいという気分がにじみでていた。「土が少ししかいらないサボテンを植えたらどうかっていうことらしいんですよ」

はあ、とも、すごいですね、とも言えなかった。相手がそういう反応を求めていない。とにかく早く話し終わりたいだけなのだった。

「でね、サボテンはいいんだけれどね、何かの拍子で風かなんか吹いてサボテンがいっせいに落ちてきたらものすごく困っちゃいますよね、は、は、は」ついに話は終わって、ちょうどまた分かれ道が来たので、相手は素早く曲がった。ろくに挨拶もせずに、曲がって行った。しばらくして考えてみると、かなり面白い話だったのだ。もっと笑ったりゆっくり質問したりすればよかったのだ。でも、できなかった。ぜんぜんできなかった。

どれもこれもどこかに尻を持ち込むほどの困ったことでもないのだが。

蛇や墓や

蛇の出てくる話で芥川賞をいただいたので、とたんに「蛇は好きなんですか」と聞かれるようになった。

蛇はあんがい好きである。

あんがい好きだが、抱きしめて眠りたいというほどのものではない。

以前にトカゲの出てくる話も書いているので、「爬虫類が好きなんですか」という聞かれかたをすることもある。

爬虫類もあんがい好きである。

あんがい好きだが、これも、ふところに入れて歩きたいというほどのものではない。

墓の出てくる話を書いたこともある。

「墓が好きなんですか」と聞く人は、まだいなくて、つまり墓は好き嫌いという範疇のものではないのだろう。

墓は、実はずいぶん好きなのである。

墓の何が好きか。墓地を歩くことが好きなのである。寺に付属の墓所も歩くし、郊外型の分譲墓所も歩くし、ロッカー式の墓所もときどき歩くし、昔ながらの、住んでいる土地と地つづきの一族ばかりの墓所もごくまれに歩く。町を歩いて目についた墓地には、たいがい入っていってしまう。車や電車の窓から見える墓地は、それが見えなくなるまで熱心に見る。どんな木が植わっているか、墓石はどんな色か、段々になっているか、卒塔婆の古び具合はどうか。

それらを知って何をするわけでもない、メモをとったり統計をとったりするわけでもない、ただ見て、よろこぶ。

ときおりは自分がどんな墓に入るかを考えることもあるが、死んでしまった後にどんな墓に入っても、どうということはない。自分の入った墓を、後の知った人や知らぬ人が見て、墓の艶はどうか墓の並びはどうかと楽しんでくれればそれはそれでいいが、それは私の楽しみではないので、つまらない。

先日家の近くの商店でご主人と立ち話をしていたおりに、墓のことを聞く機会があった。ちょうど前の日に、親戚の葬儀があったのだと言う。

それは、と言うと、それがね、と話を続けてくれる。

それがね、ここに越してくるまでは大森の在だったんですが、あのへんはもう土地がなくて。

そう言いながら、商品を選んでくれる。

土地がないもんで、骨壺なんか入らないんですよ、古くからのがたくさん入ってるし、ですから骨をね、こう、ざあっとそのまま。

そのまま、と言って、ご主人はにっこりとした。

じゃあ、骨壺から直接お墓のあそこに骨を。

そう、骨壺から直接ね。

あけた後の骨壺はどうするのかと思ったが、立ち入ったことのような気がして、訊ねることはできなかった。

直接ね、と笑うご主人に、六百円ほどを払って、商店を出た。

その数日後に、また違う墓の話を聞いた。聞くときには続けさまに聞くものである。

酒を飲んでいるときに、その人は突然語りはじめてくれたのだ。

このごろね、だめなんですよ。棺桶をかつぐほど子供がいなくて。

その人はそう語りはじめた。

うちのへんはね、孫が全員で棺桶かつぐんです、かついで、家から山の上まで行く、山ったって、結構これが高さもあって、土葬だから棺桶は重いし、このごろのように子供の数が少ないととてもじゃないけど、かつぎきれない。

山ですか。

山です、その山に、穴掘って埋める、山ぜんたいが墓地です、穴は当番の家の者が掘る。

場所は山のどのへんですか。

どこって、だいたい家によって縄張りが決まってて、まあ一つの山を村ぜんたいで使えばいいんだから、それはもう適当、おおらかです。

おおらかです、の、その人は、酒をおいしそうにぐいぐい飲んで、それから少し淋しいような表情で、
もうああやって棺桶かつぐのも、僕たちの世代でおしまいでしょう、もうだんだんね。

と言って、また酒をぐいぐい飲んだのであった。

墓の話を続けて二人の人から聞いて、いつもよりももっと墓のことを考えた。

狭い場所にひしめきあって入るのも、あちらこちらに飛び飛びに寝るのも、どちらもいい。

どちらもいいが、いいと考えるのは生きている私であって、死んでしまえばどちらも同じことだ。

同じことなのに、つい、どちらがいいかと思いめぐらせてしまう。

死ぬということや生きるということとは、少しばかりずれた次元で、思いめぐらせてい

るわけである。

死ぬのは嫌で、死ぬことなんか考えたくもないのに、墓のことをのほほんと思いめぐらせているのである。

死ぬのが嫌なあまりのことかとも思うが、ほんとうに嫌なことは考えまい。ほんとうに嫌、の、もっと奥に、仕方ない、という諦めがあるのか、それとも、ほんとうに嫌だから、もっと嫌をつきつめたいのか。

墓を嬉々として見てまわる自分というものを、少しばかり持て余す。持て余すところから、小説というものが立ち上がってくるのだろうとは思うのであるが。

祭の夜

真夜中、タクシー乗り場で列の中に立っていると、「○○方面の人、いませんか、四千円で行きます」と叫んでまわっている人がいて、何かと思ったら白タクの呼びこみなのであった。列には五十人ほどが並んでいて遅々として進まないが、金曜日の夜で、気候もいいし、たいがいの人は一杯機嫌だしで、のんびりとした雰囲気である。

「乗る」「そうねえ」と、後ろの女性二人が話し合っている。列の先頭から後方までを白タクの呼びこみは歩き、一人一人の顔を覗きこむようにする。女性二人は、話し合うばかりで、実際に「乗ります」とは言わない。そのうちに、前方に一人で立っていた男性が、大きなゆっくりとした声で、「高いよおまえ」と白タクに向かって言った。言われて、白タクは咄嗟にボクシングの防御みたいな恰好をした。敏捷にぴょんぴょん跳ねながら、言った男性に向かって、「なにを」と答える。答えながらも、跳ねつづける。

列の空気が少しだけ緊密になった。

「高くねえよ」白タクが男性に向かって怒鳴ると、男性は白タクよりもさらに大きい声で「高いやい、だいたいおまえ法律違反だ訴えてやる」と答えた。

このやろ、と言って、白タクが男性を押したのと、やめなさい、と言って二人連れのサラリーマンが白タクをうしろから抱いたのが同時だった。

押されて男性は道に座り込んだ。

しばらく白タクと座ってしまった男性はにらみ合っていたが、そのうちに白タクが「そのな、『おまえ』っていうのがな、腹立つんだ」とつぶやいた。「じゃ何て呼べばいい」男性が聞くと、「あんたって呼んでほしいぜ」と白タク。「じゃあ、あんた」男性が座ったまま答えると、白タクは手を伸ばして男性を起こし、「おっさん、結局金ねえんだろ」と聞いた。「そうだよ、悪かったな」男性は立ち上がりながら答え、二人は少し笑ってからそっぽを向きあった。

タクシーはつぎつぎにあらわれ、列は次第に短くなっていく。そっぽを向いたまま二人はしばらくいたが、やがて白タクは「〇〇方面四千円」と叫びながらふたたび列を縫いはじめた。男性は「ふんふんふん」と鼻を鳴らしてから、来たタクシーに乗り込んだ。

祭があったらしく、提灯が多くさがっている夜だった。

じきにタクシーが来てしまったので、白タクの呼びこみの首尾は、見届けていない。

秋の空中

春も夏も冬も、空中にはいろんなものがあるが、秋の空中には特になにがしかのものが浮いているように思う。

アドバルンが浮いている。飛行船が浮いている。鳥が浮いている。とんぼや蝶が浮いている。

目に見えないものも浮いていて、それは虫の声だったり花の香りだったりする。どこで鳴いているのかわからぬ秋の虫の声や、尾をひくように流れてくる金木犀の香りは、出どころから離れて、空中を長く漂い浮いたのちに、こちらの耳や鼻に届くように思われる。

秋の空中浮遊物は、夏のそれや春のそれと違って、多く浮遊しているにもかかわらず、こちらにまとわりついて来ない。絡みつくような夏の熱気や包むような春の温気と違うのである。浮遊している音も匂いも、それ自体で丸くまとまっている。丸くまとまったままこちらに当たってくる。当たればはじけるが、それ以上のことはない。はじけて、一瞬ふれて、それで終わりである。いさぎよい。

先日家の近くを歩いていると、声が聞こえた。秋の声であるから、なるほど秋らしく丸くまとまって、知らぬところから出た後に、いくらか浮遊してこちらに届いたものとみえる。

「近いです近いです」

声はそう聞こえ、それならば何が近いのか、確かめもしようというものである。

何回でも聞こえる声にたぐり寄せられるようにしていくと、林よりも少し小さい、茂みよりはずいぶん大きい、そういうところにたどり着いた。木のかたまりの中にわずかに開けたところがあって、そこに大きめの水たまりが見えた。水たまりの横には、中学生くらいの少年がしゃがんでおり、少年は二人いる。

「近いです近いです」一人が言うと、もう一人も
「近いです近いです」と繰り返す。同じ色調の声で、ただ高さがわずかに異なる。顔はよく似て、兄弟にも思える。

「近いですか」ためしに聞いてみると、

「近いです」同時に答える。

「何が近い」重ねて聞く。

「変わり目が近い」一人が答え、するともう一人は、

「変わり目変わり目」と繰り返す。

「何の変わり目」さらに尋ねる。

「空気の変わり目」二人同時に答えた。

そう言ったとたんに、ものすごい勢いで北から風が吹きつけ、水たまりの表面をぶるぶるさせた。ぶるぶるとなったまま、水たまりは固まっていき、見る間に凍った。

あ、と息をのむと、中学生二人は、

「近かった近かったやっぱり近かった」と言ってから大声で笑い、林を抜け出て勢いよく走り去った。

それからすぐに冬が来て、すると冬であるから空中にはもうあまりものが浮遊しなくなるのである。鳥も虫も音も匂いも、なんにもない。

ときおり、いやに高いところに飛行機が浮かんだりするだけである。

次の変わり目は、まだまだ遠い。

かばん症

心配性なので、かばんにたくさんの荷物を持って、歩く。ハンカチは二枚、ちり紙も二包み、電車の中で読む本二冊、夏ならば扇子に黒い眼鏡、日傘にてんかふん。

持って歩いているものを実際に使うことは、あまり、ない。天瓜粉《てんかふん》なんか、実は一回も使ったことがない。いったい外出途中のどの場所で、天瓜粉をはたくことができるというのか？　そのくせ、財布だのくちべにだのをかばんに入れ忘れたりする。財布を忘れて駅から引き返したことは、この夏だけで四回あった。いったい何を考えているのやら。

かばんに多くのものを入れておかなければ困る心もちになる人は、あんがい多いようで、たとえばある知り合いは、どこに行くのにも四角い大判のアタッシェケースを持ち、その中には髭剃りとホチキスとウォークマンと時刻表と胃薬とかゆみどめと本三冊と雑誌二冊とはさみと簡易ワードプロセッサーと電話と傘と下着一組とのりとサインペン四本とものさし二組とねじまわしを常備していると言っていた。

ねじまわし？

驚いて聞くと、
ねじまわし。

と落ちついて答える。

いざというときにあると役に立つんですよ、ねじまわし。持ってる人少ないですからね。

そんなふうに答えて、知り合いは、アタッシェケースを地面に置き、その上に涼しい顔で座ったりしたものだった。

ほらね、この大判のアタッシェケースだって、こうやって椅子がわりにできるし。

知り合いは、ハワイに新婚旅行に行くときにアタッシェケースを持っていくと主張して、奥さんと喧嘩になったそうである。たしかに、ハワイの新婚旅行にアタッシェケースは似合わないかもしれない。でも、知り合いの気持ちも、少しはわかる。わかるが、ハワイにねじまわしというのも、どんなものか。

かばんが重いと、疲れる。知り合いは、右手のすべての指の第二と第三関節に、ものすごく固いまめをこしらえていた。

そんなにまめができるほどかばんが重くてもかばんの中のものを減らさないんですか、と聞くと、
これでも以前よりはずいぶん減らしたんですよ、

と言う。

以前は本七冊と雑誌四冊入れてました。でもあるとき、いちにちでそれだけのものを読むのは不可能だって気がついて、やめました。

そう続ける。

それだけのことに気がつくまで、三年ほどかかりました。三年たって、かばんの持ち手が取れてしまったときに、気がついたんですね。持ち手が取れなければ、気がつかなかったかもしれない。その頃は、今の二倍の厚さのかばん持ってました。実に重かった。

そりゃあ重いことだろう。でも、なんとなく知り合いのことを笑えなかった。あんまり自分と変わらないような感じがした。だいいち、知り合いはちゃんと持ち物を減らしたが、わたしはいまだに天瓜粉を持って歩いているではないか。笑えるわけがない。

たくさんのものをかばんに入れて歩いているつもりなのに、忘れ物は多くする。届け物をするために外出したのに、その届け物を持ち忘れたりする。贈り物を送るために外出したのに、送り先の住所を書いた紙を忘れたりする。全部のものを忘れずにすんでほっとしていると、かばん自体を電車の中に置きっぱなしにしたりする。

かばんを忘れたことは今までに五回くらいある。電車から降りて、いやにすうすうするなと思うと、手に何も持っていない。網棚に乗せたまま降りてしまうのだ。そういうときに、どうやって駅員さんに言えばいいのか、今ではもう熟練してしまった。何時ごろのどの電車のどの車両のどのあたりの網棚に、と言えばいいのである。日本は治安がいいので、今までにそうやって置いてきてしまったかばんが戻らなかったことはない。たいがい幾つか先の駅で駅員さんが捜し当ててくれて、手に戻ることになる。なんて素晴らしい、と思う。思うが、こんなことはぜんぜん自慢にならない。ひと迷惑だし、恥ずかしい。

どこかの箍《たが》がはずれているのだ。必要なものを持たずに、瑣末なものばかり持とうとすること。そういう姿勢の人間なのだろう。

こんな様子なので、ときどき、何も持たずに歩きたくなる。せつじつに、手ぶらで歩きたくなる。

この夏、そうやって手ぶらで歩いたことが何回かあった。日傘もささず、帽子もかぶらず、財布も持たず、ゴム草履をはいて、ぶらぶら歩きまわった。蟬の殻が落ちていると拾い、青い栗の毬《いが》が落ちていれば拾い、妙なかたちの葉があれば拾い、そのうちに手がいっぱいになると、拾ったものをぜんぶ捨てる。捨てるならば拾わなければいいようなものだが、つい拾ってしまうのが心配性たるゆえんだろう。

あるとき、歩いているうちに夕立にあった。急に空が暗くなったかと思うと雷が鳴りはじめ、大きな雨の粒がざあざあ降ってきた。雨宿りする場所もなかったので、ぼうぜんと立っていると、ますます雨は激しくなる。頭からぬれて、肩もぬれて、手も足もぬれた。ぬれながら、しかたなく歩きつづけた。

今まで鳴いていた蟬が鳴かなくなり、草や地面に雨が当たる音がしきりにし、行き来していた人の姿も見えなくなった。風呂に入っているみたいだなあと思いながら、歩きつづけた。

ようやく雨宿りをする大きな木をみつけたころに、夕立はやみ、すると蟬はなにごともなかったように鳴きはじめ、どこからあらわれたのか人の姿が見えはじめ、雨にうたれた草や地面の匂いが、強くたちはじめた。

ぬれたぬれたとつぶやきながら、家に向かった。しずくがたれて、足を伝う。ずいぶん降ったと思っていたが、あんがい短い間だったらしく、地面のへこんだところは水たまりになっているが、平らなところはぬれた色からかわいた色にすぐ変わっていった。湯気をたてながら、かわいた色に変わる。わたしも、湯気をたてながら、どんどんかわいていった。

家につくころには、髪とシャツとゴム草履のつちふまずに接している部分だけを残して、あらかたがかわいてしまっていた。

傘なんか持っていなくても、タオルなんか持っていなくても、なんでもなかった。ぬれて、それから、かわいた。

そんなもんだった。

そんなもんだったから、それ以来かばんに余計なものを入れずに歩くようになったかというと、それは大まちがいである。もう秋なので、黒眼鏡や日傘は入れないが、かわりに目薬や辞書を入れる。扇子は秋の暑い日にそなえて、まだ、持つ。ハンカチはあいかわらず二枚。ちり紙も二包み。涼しくなって少し頭が働くようになるかもしれないので、読みかけの本二冊に加えて、読めないでいた難しい本をもう一冊。気をつけないと、ねじまわしの二本くらいも、忍ばせかねない。

こういうのは、心配性などという言葉で片づけられるものではないかもしれない。何と言っていいのか。かばん症とでも呼べばいいのか。困難である。

豆腐屋への旅

旅というものが、今在る場所を離れて視界の異なるところへ身を置くことを意味するものであるならば、列車を乗り継いで遠方へと行くのも旅の一種であろうし、近所の豆腐屋まで行くのも旅の一種だろう。列車を乗り継ぐ旅もいいものだが、豆腐屋への旅だってずいぶんたいしたものである。こんかいは、豆腐屋への旅の類のことを書こうか。

住んでいる駅から電車に乗って三十分ほどのところへ「旅」してみた。へんてつもない町である。駅を降りると、商店街が伸びている。不動産屋、靴屋、果物屋、酒屋。次第に店と店の間が開き、開いたところに家が混じり、いつの間にか商店街は途切れる。

アパートの多い町である。住むならばどのアパートがいいだろうかなどとぼんやり考えながら歩いていると、一棟のアパートの前で三人のひとたちが何やら話しあっている。

「日当たりいいわよ、そうそう、そちら、今のお住まいはどうなの？」

「静かでしょ、で、お仕事、日中なの？」

「値段下げてるのよ、これでも。ほんとにお一人で住むの？」

しきりに詮索しているのは、家主らしき老女である。店子になるかもしれない若い男性は生返事をしている。不動産屋らしき中年男性は黙っている。アパートの周旋の最中なのであった。

うるさそうな家主、わたしならば絶対に借りないなあ、でもものすごく安かったら借りるかなあ。本気で悩みながら歩く。そのまま町外れまで行こうと思い、長く歩く。しかし現在の都市に、町外れはないのである。町を外れそうになるうちに次の町に入り、町はほそぼそと永遠につづく。

適当なところを町外れとして、引き返す帰り道、さきほどの周旋現場からはすでに不動産屋と店子候補はいなくなっており、家主が一人庭を掃いている。眺めていると、家主は庭にある犬小屋をアパートの空き部屋にしまった。畳の上に敷いた新聞紙の上に犬もろとも犬小屋を置き、何くわぬ顔をしている。扉の鍵を閉め、口を開けて眺めているわたしを瞬間にらみつけ、隣の一軒家に入っていく。犬はひと声も鳴かない。なんともはや。

驚いたまま駅に向かい、ラーメン屋に入る。餃子と堅焼きそばと豚マメ炒めでビールを飲む。思いついて、暇そうにしている店の人に、「あそこのアパートの家主さん」とひとこと聞くと、店の人はすぐさま「住むの？」と言う。首を横に振ると、「あの因業ばあさん」と始まり、とめどなく家主の噂話が続いた。ビールをもう一本頼んでも話は終わらない。店を出るとすっかり日が暮れていた。「さいなら」と手を振る店のひとに送られ、駅への階段を登る。

会社帰りの人々があふれている電車に乗ったところで「旅」は終わり。正真正銘、たった三十分の行き帰りの「旅」だったが、因業ばあさまも登場して、なかなかみっちりした旅だったんじゃないだろうか？

あめつちにつづく道

鎌倉の道は、どれも地面に近いように思われる。

道ならば地面に近いのはあたりまえ、というのは道理だが、ちかごろ道を歩いていてもその道理を感じることが少ない。

たとえば東京の道は、地面から遠い。地面とはすなわち地べた、土やら草やらの匂いたつところである。東京の道は、地面の上に何層もの無機質をかさねて、高い場所にある。それはそれでまた面白いことではあるのだが、ほんらいの道というものからは外れるということになろうか。

鎌倉の道は、石やアスファルトのすぐ下に、湿った土の香があるように感じられる。うすくアスファルトをかぶせられてはいても、道の下にはあたたかな有機物が多く満ちあふれ、ほどこされているアスファルトは、谷《やと》や山に入っていくうちに、いつの間にか消えてしまい、靴の下に感じるのは土である。鎌倉の道は、どれもいずれ細く長く天地《あめつち》につながっていくように思われる。

そのような道のいっぽんを、北鎌倉の駅から歩いてみた。

少し下ると、東慶寺があらわれる。その昔縁切寺とも呼ばれた寺である。階段をのぼり御門をくぐる。しばらく行くと、りんどうが低く脇に咲く階段がまた。つれあいと縁を切るためにこの寺に駆け込んだおんなたちは、みな御門に至るきざはしを、息を切らせのぼったことだったろう。もしも御門が道つづきにひょいとあったなら、おんなたちは御門の前でいささかはためらったに違いない。反対に、きざはしが千段もあったなら、長くのぼりつづけるうちにこれもためらいを覚えたことだろう。おんなたちの背中を最後に押すようにある、短く急なこのきざはしは、逃げてきたおんなたちにとっての画龍点睛だったかもしれない。

いくつめかの階段をのぼりきったところに墓所がある。山をいただいて、暗く湿ったいごこちよさそうな墓地である。鳶が鳴いている。やぐらと呼ばれる、岩に穴を掘った墓が、山肌にいくつもうがたれている。この寺には文人が多く眠ると聞いた。何人ものひとを連れて墓の案内をしている女性がいる。山ぜんたいに向かって手をあわせた。山際にある墓を下から眺めあげると、墓は山に生えたもののように、山になじみこんで見えた。

道へ出てまたしばらく下ると、山ひとつへだてたところに浄智寺がある。山ひとつといっても、丘といっていいくらいの小さな山である。このような山と山の間にある場所を、鎌倉の人は谷《やと》と呼ぶ。ふるくうつくしい言葉だ。谷《やと》にある墓地。この寺には澁澤龍彦の墓がある。引き寄せられるようにして墓の前に立った。銀の腕輪と指輪が供えてある。『狐のだんぶくろ』の帯が置いてある。黒い服を着た若い女性二人が花を持って拝んでいる。『犬狼都市』の中の犬狼ファキイルやその飼い主の麗子のことなどをすこし思いながら、ぼうと拝んだ。東慶寺とこの寺を直接結ぶけもの道のような細い道に、大きな枯木が倒れかかっている。昨年の台風で倒れてから人が通れなくなったのだという。人は通らぬ。夏以来通らぬ。人でないものは、山肌をひゅうと渡っていったりするのだろうか。朝まだきや深更に、ファキイルの走るがごとく、ひゅうひゅうと渡っていったりするのだろうか。

寿福寺では、森田愛子と高浜虚子の墓を見た。鎌倉に来る前に、苦樂社の出版した『虹』という本を読んだ。俳人虚子の書いた短い文章が四つばかり載っている。そのうち三つまでは、愛子についての文章なのである。

愛子は虚子よりも四十五歳としした の弟子だった。結核を患っていた愛子は、二十三歳のころに俳句を始め、二十九歳で死去するまで弟子として虚子に愛された女性である。

鎌倉の鈴木病院で療養していた愛子は、病が重くなり、故郷北陸に帰る。その愛子を、句会のため北陸を旅していた虚子が訪ねた。そのときに、虚子と愛子の前には、虹がたったのである。愛子は「あの虹の橋を渡つて鎌倉へ行くことにしませう。今度虹がたつた時に……」（『虹』）と言うのだ。なんとかなしい言葉だろう。

この言葉にうたれた虚子は、

虹たちて忽ち君の在る如し
虹消えて忽ち君の無き如し

という句をつくる。こちらもなんとうつくしく哀切な句であることか。

虚子と愛子の縁は、不思議な縁である。愛子鎌倉在のころに俳句を通じてあいおうて、しかし半年後には愛子は病のため北陸に去る。虚子が愛子に対してどのようなこころを持っていたのか、いとしんでいたには違いあるまい、しかしどのような種類のいとしみなのかは、誰にも知ることはできない。

「先生の足が遠ざかつた時一度にどつと涙があふれ出た」「虹が立つたさうだが起き上がつて行つて其を見ることが出來なかつた」「ちと先生からも手紙をください」(『音樂は尚ほ續きをり』)。愛子から虚子へ出したこれらの手紙からは、愛子のこころぼそく人恋しい心もちが滲み出る。それは愛なのだろうか、師を敬愛するというだけの愛とは思えぬせつじつさが、そこにはあるように思われる。

死の四日前に、愛子は「ニジ　キエテスデ　ニナケレド　アルゴ　トシ　アイコ」と虚子に向けて電報を打つ。愛子の死の日に重いインフルエンザを病んでいた虚子はその電報を読んで、「愛子の死を聞いた時には、私は別に悲しいとも思はなかつた。私は愛子とは反對に、快くなつて來たのであるが、それを別にうれしいとも思はなかつた」(『音樂は尚ほ續きをり』)と書いた。ここにある虚子のうつけの果てのような諦念も、かなしい。

亀ヶ谷の切通を抜けてたどり着いた寿福寺の奥の、虚子の墓は、立派なやぐらの中にあった。新しい卒塔婆が何本も立っている。いっぽうの「森田愛子」と書かれた墓は、虚子のやぐらから数メートル離れた地面の上にあり、墓石には蜘蛛の巣が多く張っていた。他のどの墓も山を背にしているのに、愛子の墓だけは、山に向かっている。虚子の墓をじっと見つめる場所に、愛子の墓は置かれてある。せつないことである。

小町通りを抜けると、鎌倉駅である。駅よりさらに下れば、空気にほんの少し海の匂いが混じる。材木座海岸が近い。

海岸近くに、光明寺がある。境内にね、猫がいつも十数匹いるんです。一緒に歩いているアキヤマさんが言う。今日はかんづめ持ってきました。

動物霊堂と書かれた大きな墓石が建ち、小型の卒塔婆がたくさん立てかけてある。プリン。しま。ラッキー。エス。太郎。くま。亡くなった愛犬や愛猫の名だろう。かんづめを開けると、猫がわらわらと寄ってきた。大きいのばかりがひとりじめして食べる。小さいのや目がつぶれているのは、大きいののうしろでじっとかんづめを眺めている。大きいのが飽きて向こうへ行くと、中くらいのがのっそり進み出る。たくさんあるから。みんなにあるから。アキヤマさんが言いながら、あちこちに缶を置く。動物霊堂の石の上に、満腹した大きいのがねそべる。小さいのもじきに満腹して、卒塔婆の横でからだを舐めはじめる。猫が去ると、残った缶めがけてからすがひゅっと飛びかかる。

小さい猫はね、からすがさらってしまうこともあるみたいなんですよ。目のつぶれてるのは、からすがつついたんじゃないでしょうか。光るものつつくでしょう、からす。

鳶が高く低く飛んでいる。そういえば以前こどもをさらった鳶の話を聞いたことがあった。おもしろうてさらうのではなかろう。つつくのではなかろう。からだが、そのようにできているのだろう。ひよが鋭く鳴いた。ここの猫はあまり鳴かない。ひよや鳶ばかりが、高く低く、鳴きかわす。

海岸を後にして、少し上る。妙法寺には茶の花と柚子の木があった。みずひきや羊歯《しだ》が草深い中に埋もれるように生えている。苔むした広いきざはしがある。寺のどこもが暗い。人はひとりもいない。こがねむしの死骸が土の上にころがっている。屋根に草が繁ってい る。木の葉のふるえる音がする。木の間から海が見える。ここから見る海は、いつも靄《もや》っています。アキヤマさんが言う。さまざまな小鳥の声が降ってくる。鳶の声がする。鎌倉の、どの空にも、鳶がいる。

名越の谷を通って釈迦堂の切通に向かう。空色の朝顔がびっしり咲いている廃園がある。廃園の句が放哉にあったが、思い出せない。とかげのいる廃園の句だった。釈迦堂切通には午後の日が射し、羽虫が陽光の中を飛びまわっていた。七、八匹、かたまって、いつまでも飛んでいる。少しずつ場所を変えながら、日の光の中を飛びまわっている。

切通から少し上った浄妙寺でお薄をいただいた。朝に、北鎌倉からの道を歩きはじめた。天地につづいてゆくような鎌倉の道を、歩きはじめた。小暗い寺に佇んでいると、知らぬ間に時間はするすると流れる。いつの間にか夕方になっていて、お薄は喉を下ってからだにしみこむ。浄妙寺のやぐらの中に、ぎっしりと石の仏がつめこまれている。仏には目鼻がない。そういえば以前はうちのあたりは土葬でした。アキヤマさんがひっそりと言う。死んだら土葬にされたいです。暗い、つめたい土の中で、しずかに眠りたいです。愛子はいつまでも虚子を見つめつづけるのだろうか。しかし墓に入ってしまえば、同じことなのかもしれない。何が同じなのか、何が違うのか、同じも違うもなくなるのかもしれない。浄妙寺の門前に数名のひとが立って、「七里ヶ浜の哀歌」を小さな声でうたっている。「ましろきふじのね」アキヤマさんと二人して唱和した。「み霊《たま》よ何処《いずく》に迷いておわすか」三番です。アキヤマさんが教えてくれる。鎌倉の道はどこまでつづいていくんでしょうね。谷《やと》を縫い山を抜け湿ってひんやりとした寺へと、鎌倉の道はひとを導く。日が暮れようとしている。ファキイルの影みたいなものが、ひゅうと横ぎった。道は、地へと天へと、どこまでもつづいてゆく。

妙だと思っているうちに、あごのまわりや足先がへんな気分になってきて、そのうち腹や頭も重かったり軽かったりいつもとは違う感じになってくる、目はかすむ胸の奥では小さな雷のような音がする、測ってみれば体熱が高くあり、鏡にうつせば眼の光が尋常ではない。

感冒を得たのであった。

そのまま眠って三日過ごした。眠る合間に感冒薬を飲み茶を飲み少しの蜜柑を食べ、家の者の食事を作るためにおりおり夢遊病のように台所を浮遊したおぼえは少しあるが実際のことだったのかどうかはしかとは判らぬ、横たわり棒のように沈んで眠った記憶だけが確かにある。眠った記憶が確かであるというのもおかしなことなのではあるが。眠っていると、眠りがふうと浅くなることがある。そのしゅんかんに、からだがどこかへ飛んでいく。空に近いところだの水の底だの木の梢のてっぺんあたりだの、そういうどこかに飛んでいく。飛んでいった先の水の底で、知らぬ人に彫刻刀の使い方をとくと教えさとされたこともあったし、雲の上で、飼っていた犬に散歩のやり方の不手際を非難されたこともあった。今回の感冒では、大きな樽の中におりていくことが多かった。樽は直径三メートルほどもあり、高さも同じくらい、梯子を伝って中におりていく。

樽の中では、これがまた、見知った者や見知らぬ者の顔が、わいわいとうるさく説教したり、怒りつけたり、たまに優しい調子で話す者があるかと思うとねずみ講の誘いだったりと、まあ碌なことはない。さざ波のように寄せてくるそれら繰り言にはいいかげん飽きる。

眠りはじめて二日目くらいには、小さなむささびが滑空した。樽の中が急に明るくなったと思ったら、神社仏閣のたぐいの輪郭がぼうとあらわれて、繰り言を述べていたかずかずの顔が見えなくなった。これは、と、待ち構えていると、しんとした中で木ばかりがざわざわとそよぎ、てのひらほどのむささびが西から東から降りそそぐように宙を舞いはじめた。木の実が枝から落ちるように、むささびは天から降る。中空の、何もないところから忽然とあらわれて、びゅうと地上をめがける。樽の中はさほど広くないはずなのに、樽の中の天はどこまでも高く、天の一角からつぎつぎにむささびが湧いてくるのは爽快である。つごう三十匹ほどの滑空を見たことになろうか、見事見事と手を叩いているところで、目が覚めた。

むささびを見たあたりから、感冒が様子を変えた。眠りが浅くなることがなくなり、両手両足胴体を摑まれているような感じで、眠りの中に拉致されるようになってきた。起きようとしても、かんたんには離してもらえない。離せ。起きる。そう叫んで、溶けてしまいそうに眠い場所から出ていこうとするが、決然と叫んだとたんに、まあいいかという心もちになる。膝を折って頭を傾け、いそいそ眠い場所に戻っていく。両手両足胴体を摑まれているものだから、余計な樽だのむささびだのを見ることもなくなった。ただ眠る。昏く深く眠る。その間におそらくからだは免疫物質をつくりだしたり代謝したり抗原抗体反応をおこなったり、なにかしら有用なことをしていたにちがいない。ちがいないが、そんなことは知覚できない。知覚できずに、埒もなく眠るばかりであった。

感冒がみたび様子を変えたのは眠りはじめてから三日目のことだった。回復期に入ったのである。

寝床に横たわったまま部屋の天井だの壁だのを眺める。眺めるよりほかにすることもない。部屋の中をむささびが飛んだら面白かろうと思ったりもするが、むささびが飛ぶのは眠りの中でのことである。実際に飛ばれたら困るし不愉快だろう。

部屋の中を、それよりほかにすることがないのでじっとじっとじっと眺めているうちに、へんな気分になった。天井は四角い。壁は四角い。時計は丸い。絵は四角い。本は四角い。湿度計は丸い。簞笥は四角い。カレンダーは四角い。のど飴の缶は丸い。コップは四角い。通風口は丸い。カーテンは四角い。

部屋の中には、丸や四角ばかりがあるのだった。置いてあるどんなものも丸四角に還元できるのである。あっけにとられながら、面白がってどんどん丸や四角にものを還元していった。そうやってほとんどのものを丸または四角とみなすと、部屋は膨大な数の丸四角置場と化す。寝床から眺めると、丸の上に四角が重なり四角の上にさらに四角が重なり、さながら屋上屋を架すがごとく単純図形は積み上がる。さんざん積み上げて悦に入ったところでふたたび眠りに入ろうとし、その刹那ぞっとした。

丸四角の積み上がりの中に、丸四角でないものがある。どうやっても丸四角にならないものがある。それは、横たわって丸だ四角だとよろこんでいる自分じしんのからだなのである。こんなにたくさんのきれいな丸四角の中で、自分だけが異質のかたちなのである。

その違和感に気がついたとたんに、感冒を得てから感じたすべての違和感が一時に押し寄せてきた。樽の中で会った顔や飛んでいたむささびや眠りの合間に落ちていった深い場所やらの断片がぐいぐいせりあがってきて視界を覆おうとした。

いやだいやだと思いながら、部屋の丸四角をけんめいに眺める。違和感なぞに覆われまいと、丸四角にすがりつく。丸よ四角よと念じながら、すがりつく。すがりつかれて丸四角はいよいよ威光を増しかがやきわたる。いっぽうの私自身は、ますますかたちを不定にしながら、じりじりと回復してゆく。いやだいやだと念じながら、回復してゆく。

「飼ってる大事な奴にね、そっくりなんですよ、あなたの顔」と言われたことがあって、それはまたどんな「奴」なんだかと思っていたら、大まじめな顔で「イグアナ」と教えられたのだった。

「大事で可憐なイグアナで」と、説明されるのだが、どう考えても人間の顔とイグアナの顔の中身が似るということはあり得ないことのように思われる。にぶい動きやら目の表情やらが似ているのだろうか。そういえば蛇の登場する小説を書いた直後は、たびたび「あなたは巳年ですか」「顔がどこか蛇っぽいですな」「気持ちが蛇に近いんでしょう」、果ては「蛇と一緒に育てられたりしたんですか」などと言われて驚いたものだった。蛇に似ていると言われること自体に関しては正の感慨も負の感慨もないのだが、たびたびなことに、驚いた。

「誰に似ているか」「何と相似か」ということは、座興として多く話題にのぼる種類のことがらなのに違いない。その場合、ただ地続きに似ているものを似ていると言ってもつまらない、多少の飛躍があった相似の方が座興としては出来がよいということになるのだろう。個人的には「イグアナ」の飛躍の方に面白みを感じるが、「蛇」だって、言う人にとってはほどよい飛躍だったのだろう。

「似ている」ということについては、いくつか思い出すことがある。

最初に「あなたにそっくりな人を見た」と言われたのは中学生のころのことだった。

深夜に近い時間に、渋谷の駅を出てガード下を通ってどこやらへ消えたのを確かに見たと言われたのである。制服を着て、鞄も持って、一人ではなかった、男だか女だかわからぬが連れがいた、仲むつまじいというほどではないが、寄りあって歩いていた。

そのようなことを、それまでに二三回会ったほどの人に言われたのである。

二十年以上も前のことで、今と違って夜中に制服を着て歩きまわる中学生などめったに見かけなかったし、自身にそのような才覚もなかった。違いますよ、わたしじゃありません、あるはずないです、早寝早起きだし。そう答えても、目撃したと語る人は、どうしても承知してくれない。

いやいや確かにあなただった、何も隠すことはないでしょう、そういうこともありますよ。そんなふうに言いつのる。

困惑して、言い返すこともできずに沈黙した。薄く笑ってやり過ごしたのだったかもしれない。隠すことない、と言っただけあってその人はそれ以上は追及しなかった。追及されなければ否定もできず、えがらっぽいような妙な後味が残った。

次に「あなたにそっくりな人を見た」と言われるのはその五年ほど後、大学に入ったころだったか。池袋にある映画館に、早朝入って行くのを見た、ふくらんだポリエチレンの袋をかかえ、わき目もふらずに階段を下り一番前の席に陣どった、映画が始まる前から袋をがさがさいわせ、中から菓子パンを取りだしてどんどん食べる、二個三個ではなく六個七個と食べる、映画が始まってからももぐもぐやっている、ずっと食べつづけていたがパンがなくなったらしく、しばらくは映画に専念していた、でもじきに退屈したのか寝入ってしまった、朝からずいぶん食べる人だとあきれた。

その映画館にはしばしば行ったので、自分だという可能性もあったが、菓子パンを盛大に食べた覚えがない。午後の授業をさぼって行くのが常だったので、早朝というのも解せない。それ、違う人だよ。反論すると、友人は首を横に振りながら、いいやあの座高のたかさとあのだらだらした背中はたしかにあなたのものだったと力説する。自分だったからといって別状もないからそれ以上は反対しなかったが、世の中には実に似た人間がいるものなのか、自分というものはごくありふれたもので類似品が在りやすいものなのか、どちらにしても気分爽快とはいかないことだった。

何回かそれからも「あなたにそっくりな人」を見たと言われた。どの場合も、実際には「そっくりな人がいた」という表現ではなく「あなたがいた」と表されたことではあったが。いちいちその度に『「あなた」でなく『そっくりな人』です」と訂正はしなかった。

曖昧に頷くだけだった。東京タワーや浜松の鰻屋や『ひかり』の洗面所や府中の本屋に出没したらしい「わたし」は、実際のわたしに何の害も益もなさないように思えたから。小説などにあらわれるドッペルゲンガーはおおかたが凶事の予兆であったりするが、全国各地にもぐら叩きのもぐらのようにあらわれる「わたし」には、じつに重みがなかったし、不吉の影もみじんもなかったのだ。

各地に出没する「わたし」、蛇に似た「わたし」、大事なイグアナにそっくりな「わたし」。それぞれの場合で人の「わたし」に対する捉えかたは多少は違うだろうが、どの場合の「わたし」も、じつに軽軽に捉えられていることであった。それは当たり前のことなのであり、わたし以外にはわたしを重重に扱いたがる人はめったにいない。皆から重重に扱われては、たいそう生きにくいにちがいない。どんな場所にあらわれたとしても、蛇に似ていても、イグアナのごとく可憐でも、「わたし」は重重でないからこそ面白く眺められたのだしそれ以上の追及をされなかったのである。座興に何と何が類似であると言われがちなのは、おおかたの人がおおかたの他人や他物を軽軽に見立てているからなのだろう。うすぼんやりと、軽く漂うように、身の回りのものは在るのだろう。在りかたがうすぼんやりとしているから、類似も相違もうすぼんやりとする。

ところで、うすぼんやりとした背景の中で、わたしにとっての自分自身というものは実際にはどのくらいの実在感を持ち得るのか。渋谷にいたらしい「わたし」も浜松にいたらしい「わたし」も蛇に似ているらしい「わたし」も、考えているうちに実際のわたしらしく思われてくる。他人の視界の中の軽軽とした「わたし」と、自身の思う重重としたほんとうのわたしは、境界をなくしそうになる。それはたいそう不吉なことだ。軽軽とした「わたし」それ自体は不吉ではないのに、「わたし」があるはずないとわかったその瞬間から軽軽とした「わたし」は不吉な影として重重としたわたしを覆いに来るのである。

嫌だ。じつに嫌なことだ。この「嫌」を回避するためにはどうしたらよかろうか。たとえば、背景をうすうすとしたままにせず、濃いものとして眺めるのがいいのか。しかし自身も周囲もあわせて重重と扱うのは、骨なのである。

嫌なのも嫌、骨なのも嫌、ただしそれでは済まされぬことだろう。済まされないならば、嫌を受け入れることを選ぶべきか骨なことを選ぶべきか、ひとつじっくり考えてみなければなるまい。ちかごろの世事にかんがみて、ということでもなく、それはもともとある「済まぬこと」なのだろうから。

蹴ってみる

夜になって一人部屋にいると、いつも外のどこからかボールを蹴る音が聞こえてくる。住んでいる団地の部屋のすぐ下に公園があるので、熱心な人がサッカーの練習をしているのだろうと思っていた。

つい先日までそう思っていたのだが、よく考えると夜の二時三時にボールなんか蹴る人がいるんだろうか。夏の暑いときならまだしも、真冬の同じ時間にも音は聞こえるのだから、これは妙である。

今この文章を書いている間にもその音は聞こえているのだが、窓を開けて見ても、暗いのでわからない。ボールの音ではない。建物のたてる音か、何かの自然現象の音か、家の中の器物がたてる音か、そのようなものであると考えればさほど不思議はないのだが、どう聞き耳をたてても、ボールの音にしか聞こえない。

ボールの音にしか聞こえないならば、ボールの音と決めても不都合はないかもしれない。夜中の二時三時にボールを蹴る人が絶対にいないとは、断言できまい。だとすれば、その人はどんな人なんだろうか。どんな服を着てどんなものを食べてどんな友人を好んでどんな主義主張を持っているのだろうか。蹴っているのはどんなボールで何が楽しくてそんな時間にボールを蹴るのだろうか。会いに行ったら逃げるだろうか、不快そうにするだろうか、にこやかに対応するだろうか。

ここまで考えて、どうしても確かめずにはいられなくなったので、公園に行ってみました。公園にはだれもいなかったし、たいそう寒かった。どこかの子供が置いていったらしいボールがあったので、しばらく蹴って遊んでみました。誰か、その音を聞きつけて出てこないかと期待したんだが、誰も来なかった。物見高いのは、私だけなんですかね、この団地。

なまなかなもの

街の喫茶店に入ったら有線放送がかかっていて、そのとき聞いた曲がずいぶん印象に残ったのだった。何の曲だろうかと思い同席している友人に訊ねてみたら、ＳＭＡＰの「夜空ノムコウ」だと言う。ずいぶん有名な曲なのに知らないの？　と呆れられた。ごめんなさいね、と、誰に向かって謝っているんだか、頭を下げながら、手帳に曲名を書きとめ、早速帰りにＣＤを買った。はやり歌のＣＤを買うことがついぞなかったので知らなかったのだが、このごろは歌手の歌っている「元ヴァージョン」の他に、買った人間が一緒に歌うための「カラオケヴァージョン」も一緒にＣＤに録音されているのである。ＳＭＡＰの歌う「夜空ノムコウ」の後に、私の歌ってもいいカラオケ用「夜空ノムコウ」が入っている。これはゆゆしきことである。ゆゆしく、嬉しく、恥ずかしい。恥ずかしくも嬉しく、私はこのカラオケ「夜空ノムコウ」にあわせて、一人「あれから～ぼくたちは～」などと、何回でもこそこそ歌ったことであった。

ところで、「夜空ノムコウ」を歌うにあたっては、なかなかこれで葛藤もあったのだ。その葛藤とは何か。その葛藤こそは、この文章のテーマである「母と娘」の葛藤につながるものにほかならない。葛藤とは大仰な、そう思われるむきもあろう。しかし、母と娘との間にあるものは、たとえそれがどんなに仲良さげに見える母娘でも、なまなかなものではないのである。善し悪しではなく、その程度において。むろん私と私の母というものの間にあるものも、なまなかなものではない。以下にその「なまなかでないもの」を少しばかり記すことにするので、みなさままあ聞いてください。

私はいわゆる「ら抜き言葉」というものを使うことができない。「ら抜き言葉」とは、動詞に付いて可能形をつくる「られる」という助動詞を「れる」と省略するかたちの言葉づかいである。例えば、「食べられる」を「食べれる」と言う、そのような言葉づかいだ。文章の世界ではいっぱんにら抜き言葉はよくないものとされているようだ。歴史的に使用されてきた「られる」を「れる」にしては、格調がなくなる、というような理由によるものか。ところで現在私たちの日常の生活においては「ら抜き言葉」はごく普通に使われているし、また関東圏でない土地では元元の言葉が「ら抜き」であることも多い。ようするに「ら抜き」を「歴史的でないから悪し」とする姿勢もあれば「特にこだわらない」という姿勢もあるということであろう。個人的には、どちらの姿勢にも特に異存はない。ないので、私としては、「ら有り言葉」を使ってもいいはずだし、「ら抜き言葉」を使ってもいいはずなのだ。どちらもお好みに、というわけである。ところが、いざ「ら抜き言葉」を使おうとすると、私の体はがんとして反抗してしまうのである。

「食べれる」と言おうとしたとたんに、口がつぼまってしまう。「見れる」とワープロを打とうとしたとたんに指がちぢこまる。「喋れる」という、「ら抜き」とは認定されないかもしれない言葉でさえ、だめなのである。「喋れる」を消して、「喋ることができる」などという持ってまわった表現に直してしまう。

それはなぜか？

それは、ひとえに母からの「刷り込み」によるものなのである。

母は自称「東京人」である。先祖は「江戸の三辰」と言われた遊び人三人衆のうちの一人、「なんとか辰五郎」であり（それが何の自慢になるのかよくわからないのだが、自慢になるものらしい）、三代どころか二十五代前まで辿ってもすべて江戸または東京の人間である。東京人たるもの、義理人情にあつく気っぷよくしかし人には立ち入らず、山手線の外側はすでに辺境の地、渋谷新宿は街とはいえぬ、繁華街ならば銀座、町ならば浅草上野、醬油は「おしたじ」お風呂屋は「おゝや（「お湯屋」が東京流になまったものらしい）」みそ汁は「おみおつけ」と言わねばならず、熊を「く」ま（く、にアクセント）などと言おうものなら平手打ちが飛び、驚いたときには「びっくり下谷の広徳寺、おそれ入谷の鬼子母神、そうは有馬の水天宮」とかんぱつを入れず叫ぶ。そんな母の口癖は「お茶のお稽古ではいつも馬生さん（故十代目金原亭馬生、ご近所だったらしいです）と一緒だったわ」であった。

その、東京人の母が、「ら抜き言葉なんざ使っちゃいけませんよ」と、私に刷り込んだのである。むろん東京人としては、「ら抜き言葉」などという無粋な言い方はしなかった、「見れる食べれる、そんな言葉はナンですよ、東京の人間の使うものじゃありません、あなたはただでさえこんな田舎に住んでいるんだから（住んでいた杉並区を、母は「昔このへんに遠足に来たことがあった」と言って田舎扱いし、私のことを「田舎の子供」とあわれんだ）、アレね、言葉くらいは東京のものを使ってちょうだいね（「アレ」「ナンです」などの婉曲表現も東京人特有のものであるらしかった）」と、一週間に一回は言い言いするのであった。田舎（しつこいようだが、東京の杉並区である）に住み、富山生まれの父を持ち、田舎の小学校に通う子供を、母はどうにかして「まともな」東京人に仕立てようとするつもりらしかった。

しかし、子供の郷土愛は強いのである。田舎のどこが悪い。渋谷も下北沢も吉祥寺も立派な繁華街だよ。おしたじなんて言っても誰にも通じないぜ。「く」まだろうがく「ま」だろうがどっちでもいい。世界は広い、ひとびとは多様である、東京がなんぼのもんじゃ、わしぐれたるで。

というわけで、ある年頃から、私の「東京嫌い」が始まった。母の言う「東京」らしい行動とはことごとく反対の行動をとり、「東京」らしい言葉づかいはせず、「東京」出身でない恋人をつくり、果ては結婚して東京を離れた。東京を離れて、どんなにか私はほっとしたことだろう。東京でない場所は、みなゆったりとした心暖かなひとびとの住む場所に思えた。関西の言葉はなんと柔軟なんだろう。名古屋のひとびとはなんて親愛感に満ちているんだろう。行く先々の土地で、私はよろこんだ。そして、次第に「東京」ひいては「母」からのある種の呪縛からのがれていった（ように思いこんだ）のであった。

ところがどっこい、である。

母の「東京」的呪縛からのがれきって「自由自在なココロ」を獲得したかに思いこんだのもつかのま、文章を書く仕事にたずさわるようになって、私は「ら抜き」に対する自分の中の抜きがたい禁忌を実感することになるのである。

先にも書いたように、ワープロで「ら抜き」を打とうとすると、指が反抗する。インタビューなどで「ら抜き言葉」を使うインタビュアーに会うと、指摘したくなってむずむずする。「ら抜き」的な表現を使うまいとして文章をわざわざ直し、煩雑な文章だてにしてしまう。

いくら、「ら抜き」だろうがそうでなかろうがどっちでもいいじゃない、と思おうとしても、だめなのである。ある時など、「ら抜き」を使ってしまった原稿のことを思い寝つかれず徹夜をしてしまったことがあった。

つまりは、それほどまでに母の刷り込みは強かった、ということになろうか。東京的なものから離れた行動をあえてとるというやり方も、実は母の刷り込みを意識しているということに他ならなかったのである。もしも真に「自由自在なココロ」を持っているのなら、東京の中にいたって、ぜんぜんかまわないわけなのであるから。

母なるものからのがれ自由になろうとすることは、いかに難しいことであるか。

そこで、話はSMAPに戻る。「夜空ノムコウ」という曲の一節は次のようなものなのである。

あれからぼくたちは　何かを信じてこれたかなぁ……

「これたかなぁ」

この部分が、私にとっては大いなる「葛藤」だったわけである。いつもならば、私は「これたかなぁ」にこだわってこの歌を歌えなかったにちがいない。ところがSMAPの力といおうか作詞家スガシカオ氏の力といおうか、「これたかなぁ」は、SMAPの甘く若々しい雰囲気と非常にぴったりしているのである。ら抜きでもかまわない、いや、それどころか、ら抜きでなければこの感じは出ない、それほどまでにこの場合の「これたかなぁ」はぴったりなのであった。

葛藤した。私は大いに葛藤した。しかし、「これたかなぁ」のよろしさは強力だった。あまりに強力だった。そして、ついに私は長年の「ら抜き」への禁忌を克服したのだった。

四十歳になんなんとしている人間への、この母の強き呪縛、まさに「なまなかなものではない」でしょう。ＳＭＡＰという全日本的に強力な若者たちの力を借りて、はじめて私は母からの「ら抜き」の呪縛をのがれることができたのであった。ありがとう、ＳＭＡＰ。

ただし、これくらいで「のがれた」などと言っているとは、甘っちょろいことである。「克服」「のがれた」などと言っている間は、呪縛は弱まっていないのだ。これからも、なまなかでない母と私の葛藤は続くにちがいない。あーあ。

頭蓋骨、桜

よく見知ったひと数名で酒を飲んでいるときに、あ、と思ったことがあった。何を、あ、と思ったのか。頭蓋骨について、あ、と思ったのである。

どのひとの顔の下にも頭蓋骨があるのだと突然に気がついたのである。

もともとあまりひとの顔の造作を覚える方ではない。覚えないということは、おそらく関心がないということで、向かい合っていても、造作よりそのひとの喋り方やら動きやら手足の様子やらに目が行く。

そんなだから、ひとの顔が前にあっても、あるなあるなと思うばかりで、うつくしいだのおもしろいだのという感興を催すことがほとんどなかった。造作に関する感受性がとぼしいのだろう。または、造作というものに関してはうつくしいおもしろいの基準を世の基準にひっぱられることが多いので、それが悔しくわざわざ感受性をとぼしくしているのだろう。あまのじゃくなことではある。

「いろんなのありますね、その下の頭蓋骨」

酒がずいぶん進んできたところで、言ってみた。

「ほう、そういえば」

感心して聞いてくれるひとがいて、いい気分になる。

「細長いのや開いてるのや角ばっているのや丸いのや」調子にのって言うと、

「あなたのは、かなり妙な恰好ですね」と指摘され、それも愉快である。

「知り合いにね、頭蓋骨好きのひとがいまして」などと話しはじめるひともいる。

「街で好きな頭蓋骨の異性に会うと、つい茶などに誘ってしまうのだそうです」

「誘われますかね、そういうので」

「ええ、これが案外うまく誘えるんだそうです」

「誘ってどうするのですか」

「ほめる」

「ほめるのですか」

「ええ。頭蓋骨を徹底的にほめる。かなり喜ばれるそうです」

「そんなもんですかねえ」

「彼はそうやって茶を飲んだうちの一人と結婚しました」

「まっとうしたんですね」

「まっとうしました」

頭蓋骨を思いはじめると、とうぜん骨のことも思いはじめる。骨については、以前にもいくらか思ったことがあり、このひとの骨は太いこのひとのはきゃしゃ、そんなふうに価値づけてみたことがあった。造作と違って、骨も頭蓋骨も美醜の基準が世につれていないので、思うことは楽しい。太くともきゃしゃでも細長くとも丸くとも、それぞれに迷うことなく良しとすることができる。開放される気分である。たとえば、桜のころの天気ならば雨も晴れも曇りも良しとできるような、そういうのに似た開放の気分である。

頭蓋骨のことを話しながらの酒がお開きになってから、夜の桜を見に歩いた。雨の桜であった。堀端の桜は枝を水に向かって枝垂れさせながら咲き満ちていた。土曜日の夜で、ずいぶんとひとが出ている。雨であるが敷物の上で宴会をしているひとたちもいる。女も男も老いも若きも外国人も日本人もいて、そのどれもが顔の下に頭蓋骨を持ち皮膚の下に骨を持っていることがおもしろかった。

桜はやがて散るだろう、骨や頭蓋骨もやがてはあらわれるだろう、そう思うと、納得できる感じがした。桜と死と生はいつも並べられるものだが、桜の下にいる人間を見れば、そのような通念をすぐに思いうかべてしまうのであった。なにせあまのじゃくなので、通念にしたがって思うことは悔しいことではあるのだが、顔の造作を世のならいにしたがって云々することにくらべれば、悔しさは少ないのだった。

酒が醒めるまで、存分に桜の下を歩いた。何人かの知った頭蓋骨と一緒に、大勢の知らぬ頭蓋骨の群れに流されるようにして、桜の下を歩いた。

「きー」


頭の廻《めぐ》りが、悪い。

たとえば、「あなたちょっと性格が悪いんでは」などと言われたとしても、「はあ」などと答えてその場では笑っている。五分後くらいに、やっと「性格が悪いと言われた」ことが頭の芯に届くが、その時にはもう話題は変わっている。じつに間抜けなことである。

先日も、廻りの悪いことがあった。

仕事場で一人仕事をしていると、チャイムが鳴る。なんですか、と、のそのそ出ていくと、お巡りさんが立っているのだった。

「お一人ですか」私の背中越しに部屋を覗き込みながら、聞く。

「はあ」ぼんやり答える。仕事場であるから、そりゃ一人である。ちらかっているので、覗かれたくない。お巡りさんの視線を遮るように、肩を広げできるだけ身を大きくする。

しかしお巡りさんは覗き込む。

「おたく、自宅はここじゃないでしょ。なんで一人でこんなところにいるの」

「いえ、仕事場なので」

「ふーん」

ふーん、の「ふ」が長い。長くて、疑り深い音になっている。しかし、どうして疑り深い音になっているんだか、廻らない私にはぜんぜん理解できない。

「あのね、女性の独り住まい、危ないよ」

「はあ」

確かに危ないかもしれない。わざわざそれを注意しに？　親切なことである。

「もっともあんたの歳だったら、危ないこともないだろうけどさ、あっはっは」

お巡りさんは、台帳を見ながら言う。なるほど、わたしの歳（四十歳）なら大丈夫かもしれない、よかったよかったあっはっは、と声をあわせて笑おうとして、何かが変だ、と頭の中で槌みたいなものが鳴る。何だろう。何が変なんだろう。でも、廻りが悪いので、まだわからない。

その後しばらく天気の話と景気の話をしてから、お巡りさんは去った。去る前に、もう一度、部屋を覗き込もうとするので、私も負けじと再び身を広げて、遮った。

さてさてそれから鍵をていねいにかけ、しばらく仕事をして、そのあたりでやっと私の頭の中に今の出来事が廻ってきたのである。

もしかすると、私は、「不審人物」と思われたのではないだろうか？

天啓のように、その考えは降ってきた。

なるほどなあ。不審人物か、私は。妙に感心する。そんなに私は怪しいのか。確かに怪しいかもしれない。ふーん。お巡りさんの口調と同じく「ふ」に感情を込めながら思う。まあだけど、お巡りさんだって好きで不審人物巡りをしているわけでもなかろうな。私と違って廻りの良い人に当たったなら、厭味の一つも二つも十も言われるだろう。本物の不審人物に当たれば命の危険があるやもしれぬ。世界を「善し悪し」で分けなければならない仕事は、さぞかし疲れることも多かろう。

お巡りさんも大変ですね。という結論に達して、この問題は解決、と思われた。

しかしまだ何かがひっかかる。何だろう？

そこまで来て、やっと私は気がつくのだ。お巡りさんは確か「あんたの歳なら云々」ということを言わなかったっけか？　もしかしてそれって、ひどく失礼な言いぐさじゃないのか？　セクハラ、ってやつじゃないのか？

ここに至ってようやく私は本気で「きー」と怒り始めるのである。

ことほど左様に廻りの悪い私である。廻りが悪いので、いまだにあのお巡りさんのことを考える。もう顔も思い出せないが、つらつらと、あれこれと、考える。なんだか妙に親しみ深く、考える。廻りの悪い、これは効用だろうか。いつまでも悪くだけ考えているこ

とができない。ただし「きー」は厳然として依然として、そこにある。そういうわけで、お巡りさん、どうかしばらくは巡回に来ないで下さいね。今度来たら、思わずうれたトマトかなんかぶつけちゃうかもしれませんから。

「腕時計をしない人は信用しないことにしてるのよ」という声が後ろから聞こえてきて、驚いた。特急列車に乗っているときだった。

「腕時計をしないってことはね、万人の時間にあわせず自分だけの時間で生きることを選ぶっていうことなの。腕時計しない人は、今の世の中で最も貴重な人の時間を無駄にしても、心咎めない人に違いないのよ。全然信用できないわ」

聞いていて、どきどきした。腕時計を、私はしないのである。

「それから、もう一つ、サンダル履きでぺたぺただらしなく外を歩く人も、だめね」声は続く。

「あんなしめつけのゆるいものを履いている人は、きちんとした生き方が出来ないに決まってるのよ」

さらにどきどきした。夏はいつだってゴム草履でぺたぺた歩いているのだ、私は。少し改まった外出には、ゴム草履そっくりの形の革製のサンダルを履く。なかなかゴム草履型の革サンダルがなかったのだが、十年前にみつけ、同じものを三足買って、大事に履きつづけている。

このての説教に、私は弱い。はい。人のこと考えてませんでした。だらしないことでした。申し訳ないです。そう言って、平蜘蛛のように這いつくばってしまいそうになる。後ろのボックスをそっと窺うと、スーツをきちんと着た女の人だった。綺麗な人だった。

降りる駅が近づき、動悸が激しくなってくる。扉まで行く途中で、「そこのサンダルでぺたぺた歩く腕時計のないあなたっ」と決めつけられたらどうしようと思いつめ、顔が青ざめてくる。後ろの声の主は確信に満ちて喋りつづけている。動悸が激しい。駅はどんどん近づいてくる。

どうしよう。どうしよう。どうしたらいいんだ。

ずれる

「ずれる」ことが、私にはよくある。たとえば以下のごとく。

部屋の中を蠅が一匹ぶんぶん飛び回っているときに、親しい友人が遊びに来る。蠅が飛んでる、と指摘される。まあいいじゃないの、と答えると、蠅落としてあげる、得意なんだ、と友人。それならばと蠅叩きを捜すが、どこにもない。なによ蠅叩きもないの、だらしない。口の悪い友人はずけずけと言う。腹が立つ。

蠅取り名人ならどんなものを使っても蠅を落とせるはずよ、そうでなきゃ偽ものね。言い返す。ふふん、蠅叩きのあのしなりが大切なのを知らないの？　素人はこれだから、と友人。

箸にも棒にもかからないような言い合いになってくる。今すぐ蠅叩き買ってくるから、腕前見せてごらんなさいよ。啖呵をきり、近くのよろず屋に私は走る。このへんですでに私の行動は相当ずれているのだ。友人を歓待するはずが、夜中よろず屋に走っているとは、これいかに。

蠅叩き、下さい。蠅叩き、ないよ。店番のおじいさんが涼しい顔で答える。蠅叩きなんて買うもんじゃないよ、とおじいさんが言う。蠅叩きはね、作ればいいの、作れば。言いながら、おじいさんはいったん奥に入り、棕櫚の葉を干したものを一抱えして戻ってくる。棕櫚の葉の繊維を使って蠅叩きを編む方法をおじいさんから丁寧に伝授され、私は部屋に戻る。こんなのもらって来たよ。棕櫚を友人に見せると、友人は顔を輝かせる。結局その日は夜遅くまで、二人で棕櫚製の蠅叩きを編みつづけることになる。

何がどうずれて、真夜中棕櫚の葉の蠅叩きを作るはめになったのか、今でも釈然としない。皆さんは、こんなふうに「ずれる」こと、ありませんか?

花火

花火を、いつでも残してしまう。

線香花火やらの手花火の類である。夏の間、一週間にいちどほど、路地の突き当たりに小さな蠟燭をたて、数本の手花火を楽しむ。一袋買い、少しずつ使う。夏が終わるころまでにおおかたはなくなるが、いつも一摑みほど残ってしまうのだ。

小さいころ、夏にはいつも近所のお兄さんたちが花火をしてくれた。ドラゴン、ロケット、十二連発、というような派手な花火が終わると、ねずみ花火をいくつも、あちらこちらに放った。それも終わると手花火が配られる。暗い空へ明るくのぼりつめていく鮮やかな花火を見た後にする、小さな花火である。小さいなりに、それはそれで趣のあるものだった。ぎゅっと握りしめた棒の先に踊る火は、どれも下に向かって放物線を描き、地面に吸い込まれていった。

どの子供も、線香花火を最後にとっておく。全員が線香花火にかかるころには、ざわめきも静まっている。膝をそろえてしゃがみ、サンダルをはいた自分の足先を覗き込む姿勢になって、線香花火をともす。じゅくじゅくと玉がふくらみ、「柳」と呼んでいたかたちが終わるころ、玉はぽとんと地面に落ちようとする。いまにも落ちそうな、赤と朱の中間のような色の玉を見ていると、おなかのあたりがさみしくなった。あんまりさみしくて、おしっこをもらしてしまいたくなった。さみしく甘く秘密の匂いのする、感覚だった。

あのころの感じを甦らせたくて、夏には花火をするのだ。でももうあの甘さは甦らない。それでも、毎週路地の奥で蠟燭をともし、花火に火をうつす。やがて何本かの花火を残して、夏が終わる。残った花火は、あきらめきれない恋の名残みたいなものかもしれない。

電話

夜中、一人で仕事をしていると、いろいろな音が聞こえる。窓の外を通る誰やらの声が、突然はっきりと聞こえてくるときがある。「ばかやろ」「てめ」などという声が一つ二つ聞こえた後に突然「月がぁ出た出たぁ」などと歌が始まったりする。

一人で言葉に向かい合って仕事をしていると、耳が昼間よりも敏感になるのだ。そのような時に聞く音は、もしかすると敏感になった耳が組み立てた架空のものなのかもしれない。

先日は夜中の二時ごろに電話が鳴った。「もしもし」と問うが、答えがない。無言である。「どなたですか」と聞いても、荒めの息づかいしか聞こえてこない。いたずら電話だろうかと思うが、どうも通常のいたずら電話とは違うという予感がある。がちゃんと切らずに、もうひととき待ってみることにする。待っているうちに、息の音は静まり、耳に当てた受話器の中はしんとした。相手の気配が、ふっと消えた。でもたぶん電話の向こうに、相手はいるのだ。じっとおし黙ったまま。

「そろそろ切りますよ」と言うと、初めて相手が声を発した。「そうですね」ゆっくりと、相手は言った。明晰な深い音色の声だった。一瞬ひどくものなつかしい気分になり、思わず「あなたは誰ですか」と訊ねていた。またしばしの沈黙。やがて相手は「さてさて僕は誰でしょう」と笑いを含んだ声で言い、向こうからそっと電話を切ったのであった。

相手の声に聞き覚えはない。でも、あのものなつかしさは、妙に鮮やかだった。あれは、敏感になった耳が勝手につくった幻の声だったのだろうか。最後の「さてさて僕は」という笑いを含んだ声を、今もしばしば思う。

海

海に行きましょう、とＳから電話がかかってきた。Ｓは私より十五歳年下のイラストレーターである。

一時間後、Ｓは小さな紺色の車でやってきた。行きましょうと自分から誘ったわりには、つまらなさそうな顔をしている。どうしたの、と聞くと、だってカレシと行くんならともかくカワカミさんとじゃあねえ、とＳ。ねえねえ、どうしてカレシの「レシ」が上がる抑揚で発音するの？　私はＳの不機嫌を無視して聞く。かねがね不思議に思っていたのだ、最近のこの平板な発音の仕方を。だってさ、「彼」とか真面目に発音するの、照れ入《はい》るじゃない。照れ「入る」ってどういう意味？　照れるっていう意味よ、カワカミさんっていつの時代の人、あーあ。

話をしているうちにＳの機嫌もなおり、じきに海に着いた。平日である。海には誰もいない。海岸に並ぶ何軒かの宿にも人の気配がない。海ってさ、来るまではわくわくするけど、来ちゃうとなんてことないのよね。言いながらＳは砂浜に座り込んだ。そのまま一時間ほど並んで波を見た。ラブホも静かねえ、夏が終わると。Ｓが言う。ラブホって、何それ。私が聞くと、Ｓは笑いながら、ラブホテルのこと、と答え、カワカミさんってほんとに何も知らないのねえ、よく文章書いてるわよそれで、と続けた。

帰りの車の中で「カレシ」「ラブホ」の抑揚の練習をしたが、どうしてもうまく発音できなかった。夏も終わったのねえ、とSが言った。それ言うのもう五回目よ。私が指摘すると、Sはふふふと含み笑いをし、カワカミさんはカレシもラブホも関係ない人生を歩んでるんだから抑揚練習してもしょうがないわよ、と憎たらしい調子で答える。夏も、ほんとうに終わりである。

散歩

少し前に引っ越しをした。

住みはじめて間もない町は、新鮮だ。あちらこちらを歩き回ってたのしむ。

市場がある。戦後の闇市の名残である。魚屋に八百屋、ジーンズショップに乾物屋、ラーメン屋にインド物産店、細かな店が軒をつらねる。一枚千円の贋ブランドポロシャツを買う。まぐろの中落ち一皿四百円を買う。エシャロット十本二百円を買う。午後三時からの「西瓜二個で千五百円セール」を待っている人たちの列の後ろを通り市場を抜けると、商店街が始まる。

クリーニング屋が多い。弁当屋が二軒、花屋も二軒、古本屋の隣にはライブハウスがある。

町のたたずまいを頭の中のメモ帳に書き込み、歩きつづける。

「ドガ」というスナックを見つける。ふうんと思い、それも頭の中にメモする。しばらく行くと「ピカソ」というスナックがある。その隣には「ロダン」という理容店。ピカソにドガにロダン。親戚筋の店なのか、はたまた仇同士なのか、それとも商店街に芸術を吹き込もうという遠大な構想の一端を担う店なのか。謎である。「ロダン」には「ふりかけ式増毛法やってます」という貼り紙もある。ふりかけ式増毛法とはなんぞや。謎は深まる。

いつの間にか夕方になっている。どこからかスケートボードをかかえた青年が数人あらわれ、道路で練習を始める。道行く人たちは、うまく青年たちをよけて歩く。車が来ると、こんどは青年たちが道の端に寄ってよける。

なかなか住みやすそうな町である、と頭の中のメモ帳に書き込む。エシャロットにまぐろの中落ち、今夜は日本酒だなと思いながら、家への道を辿る。

恐怖症というもの

高所恐怖症である。

自分が高い場所にいるのが怖いだけではない。人が、不安定な高所にいるのを見るのもだめである。崖から身を乗り出している人など見ると、足もとからさむけが湧いて来る。さむけは足から腹へ腹から胸へと伝わり、最後には全身が総毛立つ。

二十歳くらいの頃、としうえの友人から、「高所恐怖症はただの思い込みだから、もっと気持ちを強く持てば克服できるはずです」と忠告され、いちじはできるだけ高いところに行って克服しようとしたこともあった。でも、だめだった。ますます怖くなるばかりだった。それ以来、おりおり恐怖症というものについて考える。青年期の私のテーマの一つであったともいえよう。どうにも情けないテーマだが、まあ仕方ない。

高所を恐怖するのは、「死ぬことが怖い」からだ。何かのきっかけで高い場所から落ちて死んでしまうことが、怖いのである。恐怖症には、さまざまなものがある。尖端やら閉所やら広場やら不潔やら、そのひとによって偏ってゆく恐怖症はそれぞれだ。それらのどれもが、最終的には「死が怖い」という心もちにつながるものなのではないだろうか。とすれば、恐怖症とは誠に人間らしい営みであるということにもなろう。

ところで、近頃は以前よりも高所に関する怖さの感覚が鈍くなっている。加齢によって人間の感覚は鈍くなるものだから、これは当然のことなのかもしれないが、もしかすると自分自身の死に関する心もちが若い頃とは変わってきたせいかもしれない、とも思う。その変化のなりたちを考えることは、おそらく私の中年期のテーマの一つとなることだろう。あいかわらず情けないテーマだが、生きるとは、ほんらい情けないことであるような気もする。

酒無き国

いつだったか、落語の枕で、「酒の無き国へ行きたきふつかよい、三日たったら帰りたくなる」という一節を聞いて笑ったことがある。

強くないのに、どうも酒が好きで、時々、といおうか、しばしば、といおうか、まあ早い話が酒を飲む。いきおい、時々、といおうか、しばしば、といおうか、ふつかよいになる。

初めて酒類を飲んだのは中学生の時だった。隠れて飲んだのではない。「これからの世のなか、女子も酒を飲む機会が多くなるに違いない。慣れない酒を突然飲んで意識モウロウ状態になり、悪い男子につけこまれでもしたら大変である。女子は酒に強くなるべし」という主義の両親に育てられたため、酒を飲まなければならなかったのである。今から二十年以上も前のことだ。そのころは一般に女子というものは酒を飲まなかった。よし飲んだとしても、強がって酒を飲んだあげく道端で吐くか男子につけこまれるかして危機一髪、というイメージが流布していた。

かくなるイメージを打ち破るべく酒に慣らされた私であるが、結果、悪酔いの果ての他人の「現象」を始末掃除したことはあっても掃除してもらったことは絶えて無く、酔っぱらった男子につけこんでうやむやのうちに飲み代を払わせたことはあってもつけこまれて危機一髪一触即発状態になったことは絶えて無い、という仕儀となった。

そのようにして月日は流れ流れ、男子につけこまれる可能性も日々薄れつつあるこの身に残されたのは、ふつかよいの習慣だけなのであった。テイソウの危機は乗り越えたが、ふつかよいの危機は毎日やってくる。実をいえば今も危機に陥っているので、このような文章を綴っているという次第。げに、酒の無き国に行きたし、である。

晴れますように

タクシーの中にいた。運転手さんのうなじをぼんやり見ていた。前日からほとんど眠っていなかった。運転手さんのうなじが、若い。いいことのない日だった。運転手さんの若さが少しつらいような気分だった。

信号が赤になって停車したとたんに運転手さんの携帯電話の呼び出し音が鳴った。「お客さん、申し訳ないですが、電話、いいですか」。運転手さんが聞く。こちらに向いたその顔は、ほんとうに若かった。二十歳くらいに見えた。いいですよ、と答えると、運転手さんは喋り始めた。「うん。うん。今仕事中だよ」。恋人からの電話だろうか。「何。用だけにして」。声がはずんでいる。「え。お菓子。うん。コンビニで買ってくよ。ジュースは？ わかった。じゃ、あとでね」。恋人だとしたら、ずいぶんと甘ったれた恋人である。少しいらいらする。疲れているのだ。

「お客さん」。電話を切った運転手さんが今度は私に話しかけてきた。はあ。そっけなく答える。「遠足なんですよ」。運転手さんは嬉しそうに言った。え。恋人は中学生かなにかなのだろうか。「上の娘がね、明日遠足で。百円ぶんの菓子買ってきてくれって」。お子さん？「ええ。十五の頃から女房と暮らし始めて。子供は三人です」

しばらく身の上話を聞いた。最後に運転手さんはぽつりと言った。「苦労も多かったです。でもまあ好きなことしてるんだからいいです」

はっとした。好きなことしてるんだから、苦労があっても、いいんだな。ほんとうにそうだった。教えられてしまった。若い運転手さんに。

走り去るタクシーをしばらく見送ってから、私は勢いをつけて歩き始めた。運転手さんはこの後百円ぶんの菓子を買って家に帰るのだろう。

明日、晴れますように。

境目

走って、一分ほどのところに、境目がある。市と市の境目である。ときどき、境目のあたりを踏んでみたりする。こちらからあちらに移ったと思う瞬間、妙な気分になる。以前住んでいた場所は、三つの市の境目近くにあった。左に踏み出せば×市。右に踏み出せば□市。ここにとどまれば○市。子供の手を引いて境目に行き、境目から境目へ、けんけんをしてみたことがある。×から□へ、□から○へ、○から×へ、それはもう自在であった。痛快であった。しかしいっぽうで、人がつくった境目というものを、ひどく不可思議なものに感じたおぼえがある。

人間どうしの境目、というものがある。

ごく幼いころ、外国に住んだことがあった。日本人はほとんどいない場所だった。クラスの中で、蒙古系の人間はわたし一人。周囲は全員が西欧系である。境目があるということを、ときどき知らされることがあった。

「ヒロミはチャイニーズだから（そのころ日本という国の知名度は低く、蒙古系の人間イコールチャイニーズであった）」と、言われるのである。

チャイニーズだから髪が真っ黒なのね。チャイニーズだからサンドイッチの食べ方が反対なのね（耳から食べることをなぜか子供たちは「反対の食べ方」と言った。ほんとにそうなんだろうか？　だれかサンドイッチの食べ方について詳しい人、教えて下さい）。チャイニーズだからおしっこもらしちゃうのね（わたしはおしっこもらしであった。チャイニーズだからではないんだが）。

自分の姿は自分では見えないから、わたしから見ればクラスはいちようである。ところがわたし以外から見れば、境目を持つ人間、すなわちわたし、が存在しているのである。わたし一人のまわりに、ぐるりと境目が引かれていた。わたしは、その中で、一人。奇妙な感じだった。

季節の境目、というものもある。

残暑がきびしい、と思っていると、そのうちに秋刀魚が店に並ぶようになる。金木犀が匂い、オレンジ色のこまかな花が地面にぱらぱらひっきりなしに落ちはじめる。鰯雲が空に浮かび、長袖一枚では足りなくなってくる。上着が、ほしくなる。あれっと思っていると、霙《みぞれ》まじりの雨が降ったりする。

季節がうつるということは、すなわちそれだけ死にちかづくということである。せつなくおそろしいことである。そして、せつなさが、おそろしさが、大きければ大きいほど、自然のことごとを数え、季節の境目をあそこでもないここでもないと引きたくなる。あ、今日秋がやってきた。あ、今日はまた夏が戻ってきた。あれあれ、知らない間に冬の匂いがする。冬の匂いは古い本を開いたときの匂いに似てるな。

境目をつくって、それぞれの季節を際立たせ、日々がへんぺいに続いているのではないことを、知りたくなる。知って、そして、それぞれの日々をいとおしみたくなる。

境目とは、そもそも何なのだろう。

境目があるところには、区別がある。わたしたちはものを認識するために、区別ということをするにちがいない。そこには、好きも嫌いもない。ただ、区別を行うために、境目を設定する必要がある、というだけのことなのである。

もともと、認識のためにつくられた「境目」である。しかし、ときに境目というものがほんらいの目的から離れ、ものごとの「区別」だけでなく、「差別」や「暴力」をよびよせることがある。くやしく悲しいことである。悲しくくやしいが、珍しいことではない。ごくごく、ありふれたことである。世界の、どこにでも起こりうることである。自分が「差別」や「暴力」にまったく関係ない、と知らんぷりすることは、とうていできない。いつだって、自分がそのようなものに寄り添ってしまう可能性は、あるのだ。

境目を引く行為は、非常に困難なものを呼び寄せる可能性を持つ行為である、ということにもなろう。

境目とは、かのごとく困難を呼び寄せる可能性を持つものだから、ときに、境目をつくらないようにしようという考えも、きざす。外を見て境目をつくるまいとするうちはまだいいのだが、内を見て境目をつくるまいとすると、じきにそれは「みんな一緒がいいね」という方向になってしまう。保護色をまとって隠れる昆虫のように、「みんなの中に隠れよう」という気分になってくる。それは、とても楽なことであろう。ただし、楽、必ずしも楽しからず。

外国で、チャイニーズと言われたとき、わたしは悲しかったろうか。そうではなかった。ふーん、わたしは違うんだ、と思ったのだ。それはどうやらあんまり「いい」違い方ではないらしいけど、でもまあいいか、と思ったのだ。わたしはわたしだもん。人にとって「いい」ものではなくても、わたしにとってわたしは「いい」ものなんだもん。

七歳ほどの子供の、恐れを知らぬ「だもん」だったことだろう。しかし、いまでもわたしはそのときの「わたしにとってわたしはいいものなんだもん」という気分を、忘れない。その気分は、爽快この上ないものだった。

わたしはあなたではなく、あなたは彼ではない。夏は春ではなく、秋は冬ではない。それはなかなかに味のあることなのではないだろうか？

空が、高い。じきに、冬がくる。この原稿を書き終わったら、走って一分の市の境目まで行ってみて、境目を踏み越えてみようと思っている。

水にうかぶ桜

花、といえば、桜だろうか。

中学に入学してはじめての理科の授業に、桜の花を使った。

理科教室の机の上に、いくつもの、桜の花が置いてあるのだった。人体標本やら得体のしれないもののホルマリン漬けやら茶色の薬瓶やらふくろうの剝製やらが雑然とある理科教室の、古びた大きい六人掛けの机の真ん中に、十も二十も桜の花があった。ほの暗い理科教室で、桜が置いてあるところだけが明るんでいるようだった。

二時間続きのその授業で、わたしたちは桜の花の観察を行った。花びらを一枚一枚そっとはずし、おしべとめしべを写生する。おしべの数を数える。めしべを縦切りにして断面図を描く。

「正確に、ていねいに、描きましょう」先生は、教室を回りながら言った。

なにか、無残な感じがした。小学校のときに行った鮒の解剖もこわかったが、桜の花の解剖も、同じくらいこわかった。うすい花びらをはがすとき、桜が「きゅ」というような声をあげるように思えた。校庭にも、桜は多く散っている。土の上に落ちた花びらは、どんなふうに踏んでも平気なのに、理科教室の机の上にある、花のかたちをたもったままの桜は、触れてはならないもののように感じられた。「きゅ」「きゅ」という桜の声を聞きながら、八つ切りのケント紙に、2Hの固い鉛筆で、こわごわ桜の花の部分を描きうつした。

先生がよほど桜の花が好きだったのか、それとも季節ものだからなのか、さらに桜のことは続いた。家の近くの桜の木から二十個以上の桜の花を取ってきて、おしべの数を数えグラフに表すこと。そんな宿題が出たのだ。

日曜日の昼間、近所の養老院にある桜並木まで、わたしは一人歩いていった。咲き満ちて垂れている枝から、何個もの花をちぎり取った。理科教室の暗い机の上に置いてあったときほど、ちぎり取られた桜はこわくはなかった。何個も取っているうちに、だんだん愉快になってきた。取った花を、山のように積み上げた。地面にぺたりと座りこんで、春のうらうらとした日差しの中で、ゆっくりとおしべを数えた。おしべの数は、花によってまちまちである。持ってきたノートの切れはしに「12」「15」などと記入してゆく。ときどき風が起こって、紙が飛ばされた。いちいち追いかけて走る。

何回めかに紙が飛んだときに、うしろから声をかけられた。

「その花、どうするんですかね」

振り向くと、小柄なおばあさんが立っていた。真っ白な髪をおだんごにまとめ、着物の首にスカーフを巻いている。

「あの、理科の宿題で」おそるおそるわたしは答えた。ここの花を取ってはいけませんよ。

そう怒られるかと思ったのだ。

「持って帰るんですかい」おばあさんはしかし、怒る様子でもなく、静かに訊ねた。

「いえ」うつむいたまま、わたしは答えた。風が、少し強くなっていた。前髪が吹かれ、額がむきだしになって、こころぼそかった。

「それじゃ、その花、私にくださいな」おばあさんはさらに静かに言った。

うつむいたまま、わたしは頷いた。なんだかわからないが、こわかった。怒られているのではないのだが、こわかった。理科教室で感じたこわさと同じこわさだった。おばあさんは優しげな様子なのに。おばあさんは腰に下げた布の袋の中から、ていねいにたたんだビニール袋を取り出した。小さな手で山に積み上げた桜の花をすくい、袋に入れる。桜の山は見る間に減り、はんたいに袋はふくらんでいった。透明だった袋が、うすももいろに色づいてゆく。ぜんぶの桜を袋にしまうと、おばあさんは腰をあげ、袋の口をしっかりとしばった。

「ありがとうございました」おばあさんの髪のおだんごが、風に吹かれて少し揺れた。

「あの、桜、どうするんですか」わたしは聞いた。こわかったが、どうしても聞きたかった。

「持って帰ってね、水にうかべますよ」おばあさんは表情のないまま、答えた。

「水？」

「まだ生きてますからね、花のかたちを持った桜は」

風がびゅうと吹いて、花びらを散らせた。おばあさんのおだんごにもわたしの髪にも、たくさんの花びらが散りかかる。

おばあさんが、花でいっぱいになって表面のくもったビニール袋をていねいに開いて、水の満たされた器に桜をあけることを想像すると、足もとが崩れてゆくような感じがした。と同時に、とてつもなく気持がちよかった。水にうかぶ、少し傷のついたいくつもの花を、うっとりと思い浮かべていた。

風が、いくらでも桜の花びらを散らせる。

桜は今年も、薄く濃く咲きめぐってくることだろう。

裏側の風景

三月三日
繁華街に出る。繁華街に出るのは好きなのだが、人ごみは嫌いなのである。しぜんに、裏へ裏へとまわることになる。

大通りから、横道へ。横道から、脇の路地へ。どんづまりと見える路地から、その奥にさらに続く裏道へ。

裏道には、茶色い猫がねそべっている。キャバレーの錆びた看板が放置してある。草がぼうぼう生えている。そのうちにいよいよ道が途切れる。壁にかこまれて、不安な気持ちになる。こういう、こころぼそい気持ちになりたくて、裏にまわるのである。ふだん、町の表を歩いているときには、決してならない気持ち。

しばらく不安なまま過ごす。壁と壁のわずかな隙間から、町が見える。人のあしおとが聞こえる。揚げ物の匂いがする。

三月四日
うらうらと晴れた日で、いろんなものが干してある。

梅の枝にものすごく立派で写実的な東天紅（鶏の一種）がとまっている柄の毛布が、近所のアパートのベランダに干してあって、見とれる。

一回入ったことのある居酒屋の前を通ったら、きれいに洗った蟹の甲羅が、日当たりのいい垣根にひっかけてあった。いったい何に使うんだろうか。

三月八日

駅前の市場で買いもの。闇市の名残の市場である。

このごろはスーパーマーケットというものがあるが、子供のころは、「八百屋」「肉屋」「魚屋」「菓子屋」と、各々の店は分かれていた。おつかいに行かされるのは、恐怖だった。「豚コマ三百グラム」「葱とキャベツとにんじん」等々と、店のひとに言わなければならないからだ。こみあう客の間にわけ入り、時機を窺ってささっと店のひとに話しかけることが、どうしてもできない。「ぶ、ぶ、ぶた」とうつむいてつぶやくうちに、見知らぬおばさんが大声で「鶏モツね」などと横あいから注文してしまう。

市場の店はこみあっていて、子供のころを思いださせる。八百屋で葱とほうれんそうを選んで店のひとに渡したら、「手に取らないでよねっ。手に取ったからお客さんあとまわしよ」と怒られる。よく見ると、壁に『お買い上げは店の者にお申しつけください野菜にさわらないでください』と、くろぐろ墨書して貼ってあった。

魚屋の前でじっと切り身を見ていたら、「おいしいよっ」とおじさんが言うので、さらにじっと眺める。買わずに立ち去ろうとすると、「ばっきゃろ」と背中に向かって言われた。

こわい市場である。あんまりこわいので、一週間に一度は、つい来てしまう。

三月十日

影の濃い日。

雲がやたらに早く流れてゆく。

何本かの電信柱の写真を撮る。どの電信柱の根元からも、くっきりとした影が生え出ている。

三月十四日

古い町なみを、二時間ほど、散歩。

みちすじにある大学の構内を歩く。

池のみずぎわに、蛙のたまごが産みつけられている。三十センチほどの長さのゼラチン質の紐が、何本もからまりあって、水の中にたゆとうている。最初は数本しか見えなかったが、目が慣れてくると、無数に紐があることがわかる。全部おたまじゃくしになり、おおかたは死ぬわけである。どのゼラチン質にも、よく日が差している。

『あなたはポイステ
　サイテー人（じん）
　　小学六年K子』

という貼り紙をみつけたので、写真に撮る。布製のガムテープで、きっちりとはりつけてある。尻の穴がむずむずしてくる感じ。

三月十五日

友人と酒を飲む。

雨風の強い日で、そのなか、めあての店をさがしてうろうろする。

飲みはじめのころには、「十時過ぎると時間がやたら早くたつようになるから用心しましょうね」と言いあっていたのだが、知らぬ間に十二時を過ぎていた。店を出てあてもなく歩く。

「ここ、どこかな」と言いながら、小降りになった雨の中を二人でゆく。みちすじのどの店もすでに閉店している。そのうちに住宅街に迷いこむ。タクシーも通らない。マンションの植え込みの白木蓮が、雨に打たれて花びらを散らせている。街燈に照らされて、踏みにじられた花びらが、にぶく光る。

いつまでたっても、駅につかない。住宅街の、奥へ奥へと入りこんでゆく。

三月十八日

友人と電話。

「集中するたちなのよね、あたし」と友人は話した。電話のむこうで、コーヒーかなにかすすっているのだろうか、「ずっ」という音がときどきはさまる。

「前にね、玉葱の味噌汁に凝ったことがあって」

「はあ」

「ほの甘いでしょ、あれがよくって」

「ああ」

「二十四日間、毎日朝も晩も玉葱の」

「たまねぎの?」

「味噌汁飲みつづけた」

「外食しなかったの」

「ほとんどしなかった。しても、味噌汁だけは飲んだ。飲まずにはいられなかった」

「で」

「二十五日めに突然飽きて、以来六年以上たつけど、一度も」

「いちども」

「玉葱の味噌汁つくってないんだ」

だから、そういうものなのよ、と友人はしめくくった。恋愛の話をしていたのである。

そういうものなのか？

三月二十日

神社を散歩。

雨に、絵馬が濡れている。

ぼうっと、絵馬を読む。

梅はおおかた散ってしまっている。

「水谷八重子がほめた店」と張り紙のある露店で、あま酒を一杯飲んでから、帰る。

三月二十二日

繁華街に出る。

昭和四十年代ふうの喫茶店というものが好きで、見かけると入るようにしている。何をもって昭和四十年代ふうと決めるのかと聞かれると、うまく答えられないのだが、「熱帯魚の水槽」「レモンスカッシュ」「合成皮革張りの椅子」といったものが手がかりになるかもしれない。

このごろはなかなか昭和四十年代ふうにはめぐりあわない。十五年ほど前まであった渋谷の「カスミ」という喫茶店が、いちばん好きだった昭和四十年代ふうなのだが。

カスミは、道玄坂を少しのぼって右に入ったところにあった。土曜日の、午後に、行くのが習いだった。コーヒーを頼むと、錫の盆に白厚地の陶器のカップをのせて、店のひとが運んでくる。店のひとは毛糸のくつしたをはいていた。店内はいつも暗く、隅の席には文庫本を読む青年が陣どっていた。

ある日突然店はたたまれて、跡地はスパゲティー屋になった。通りかかるたびに、「カスミ」と縦に書かれた赤い看板をさがす癖が、しばらく抜けなかった。

店がなくなってから一年ほどたったころ、世田谷を歩いていたら、突然見知ったものが視界にとびこんできた。カスミの看板だった。みちばたに、すとんと置かれてある。みまわしても店はない。ただ、置かれてある。

なつかしくて、しばらく撫でた。後で聞くと、店を経営していたひとが、そのあたりに住んでいるらしいのだった。看板を、捨てかねたのだろうか。何回か、その後も看板を撫でに行った。

繁華街に、昭和四十年代ふうがないので、しかたない、ふたたび裏へとまわることになる。裏には、裏の空気がある。暗く、しめった、こころぼそい空気がある。

2

魚の顔

芥川賞を受賞した。

実はほとんど受賞できると思っていなかったので――まわりのひとびとは、「二回めより三回めの方が取りやすいんですよ（今回の候補は二回めである）」だの、「運がいいといいですよねえ」だの、のんびりしたことばかり言う、それどころか、「次もありますよ」と、まだ選考が始まってもいないのに言う人まである――落ちたときのことを多く考えていたのだ。

たいがい落ちるのだから、落ちた後できるだけ楽しくやけ酒を飲めるようにして選考を待とうと思ったのだ。自宅は、こういう場合はあまり嬉しくない。「くそー」と叫んで、叫びながら自分で枝豆ゆでたり蒲鉾切ったりするのは、まあいいが、少しつまらない。「今夜は飲むぞー」と言いながら、ビールが足りないのに気がつき、自動販売機に走るのは、少しさみしい。

そういうわけで、都会にある酒の飲める店の座敷で選考を待った。一人でなく、何人ものの、きごころの知れたひとびとと一緒に、待った。きごころが知れているから、騒ぎになる。まだ結果が出る前から赤い顔になって、「今日は暑いねえ」と言いながら、肩なんかどんどん叩く人がいる。「あらあらなんだか楽しいわよ、こんなに集まると」とうきうきしている人もいる。あんまりみんな芥川賞のことを考えていない。ほんとうは考えているのだろうが、隅の方に押しやっていてくれる。

ずいぶん揉めたのか、時間がたってもぜんぜん知らせが来ない。芥川賞のことを隅に押しやってくれていたはずの席が、一瞬しんとすることもある。一瞬の沈黙の後に、また騒ぎがやってくるが、時間がますます過ぎ、がぜん沈黙の瞬間が多くなる。

これはたいへん、やけ酒までにみんな疲れてしまう、困った困った、と思っていたら、ようやく電話がかかってきた。

電話に出るために階下に行くと、それが受賞の知らせで、どうもありがとうございます、と、小さな声で答えてから、電話を切った。

驚きのあまり少しよろよろしながら座敷に戻ろうとすると、一緒に待ってくれていたひとびとが階段に鈴なりになっていた。小さな魚が寄りそってはたはたと水の中で目をみひらいて浮いているように、みんな鈴なりになりながら目をみひらいていた。そして、鈴なりになったまま、どうだった？　と不安そうな目で見つめた。

「だいじょぶでした」と言いながら、指で丸を作ると、鈴なりの顔の一つ一つが破顔した。魚みたいだったみんなの顔が、人間に戻った。人間に戻って、「うわあ」だの「ひゃあ」

だの言ってくれた。

隅の方に押しやってくれていた気づかいが溜まりに溜まって、魚の顔になったのだなあと思った。魚の顔になるまで、心配かけてしまって、申し訳なかった。

受賞のインタビューが終わって、ふたたびみんなのところに戻って、酒の続きをした。もう誰も魚の顔をしていなかった。私だけは、最後までまだ魚の顔だったかもしれない。

不明

小説は、いつごろから書きはじめたのですか。そういう質問を、芥川賞受賞以来しばしば受ける。

最初に書いたのは大学時代である。クラブの部誌に載せるために、書いた。人数が少ないクラブだったので、書かないと雑誌ができない。なんでもいいから書きなさい、そう言われて、生まれて初めて小説みたいなものを書いたのだ。「書きなさい」と言われて書きはじめたのだったが、書いてみるとこんな面白いものはなくて、書くことは一大事、そんなふうに思いはじめた。しかし、大学を出て勤めると、誰も「書きなさい」と言わなくなったので、書かなくなった。あんなに書くことはいいと思っていたのに、「書きなさい」と言われなくなると、とたんに書かなくなったのである。自主性のないことはなはだしい。

次に小説みたいなものを書いたのは、夫の転勤で勤めをやめて暇になったときである。知らない土地の知らない場所に住んで、いちにち誰とも喋らず、あるとき朝から喋った言葉を試しに数えてみたら、スーパーマーケットのレジでおねえさんに言った「どうも」という言葉だけだった。びっくりして、まずは遠くにいる友人に手紙を何通か書いたが、返事がなかなか来ない。それではと、小説を書くことにした。

書きはじめるには書きはじめたが、見せる相手がいない。仕方なく、レポート用紙に縦書きに清記して、居間の壁に画鋲でとめた。とめるだけではつまらないので、「連載小説・第一回」と書いた。訪問した友人に見せようと張り切った気持ちでいちにちおきに連載を新しくしたが、誰も訪ねて来ない。結局連載途中に家に上がったのは、鍋の実演セールスの男女二人組だけであった。

それからしばらくして子供が生まれたので人と言葉をかわすようにはなったが、「おはようございます」「今日はいい天気」「湿疹には行水がいちばん」以上のことを話すことができない不器用なたちなので、じきにつまらなくなり、ふたたび小説みたいなものを書きはじめた。居間の壁では誰も読んでくれないことがわかったので、今度は手書きのものをコピーして知り合いに郵送した。原稿用紙十枚ぶんほどのものを、一ヵ月に一回、数名の人に送ったのである。二名ほどの友人から「ありがとうございました」「がんばりましたね」という礼儀正しい葉書が来たが、それ以外の反応はなかった。何回か送りつづけたが、いつまで待っても最初の葉書以外の反応が来ないので、送らなくなった。

どうやら書いたものを読んでもらうということはたいそう難しいことなのだと少しわかってきて、こんどは市の主催する文章添削に参加してみた。文章を郵送すると、赤でなおしてくれる。半年間のコースだったが、一回もいい評価がこない。毎回「何を言おうとしているのか不明」と書いてある。なるほど不明か、と思いながら送りつづけ、最後まで

「不明」で終わった。

壁もだめで、友人相手もだめで、そのうえ不明で、でも書くということは面白い。面白くなければ書きつづけられない。結局、パソコン通信で応募した「パスカル短篇文学新人賞」で賞をいただき、それが縁で雑誌に短篇を載せるようになり、先日は芥川賞までいただいたが、今でも「壁だめ・友人だめ・不明」は強く心の底にある。

ふらふらよろよろ書きつづけてきて、不明のものが賞をいただいてしまった。そういうふうに思っている。

海のもの

海水浴はあまりしないが、海岸を歩くことはする。

何回か海のそばにも住んだことがあって、いちばん海に近かったときには数日に一回は海辺を歩いた。歩くのに飽きると、浜に座って沖を眺めたりした。日ざしの強いときには大きな傘を持っていって砂にさし、下で弁当を食べることもあった。

海岸には海から流れてきたものがあんがい多くあって、それはごみだったり妙なかたちの石だったりするが、いちばん多いのは、海草である。うわのそらで見ていると昆布の切れ端くらいしか目に入らないが、朝早くや潮の引いたときに気持ちを入れて探すと、ずいぶん多くの種類の海草が見つかるものなのである。

あるとき、見つけた海草を大きな袋に入れて持ちかえり、真水で洗い、どんな出自なのか調べてみた。

名もない花という表現があるがそれは不正確である、名もない花などない。ということをよくいうが、それでは名もない海草というのはどうなのだろうか、そう思って調べたのである。海岸に落ちているしなびた海草は、いかにも名がなさそうではないか。

しかし、予想に反してといおうか予想通りといおうか、どの海草にも名前があって、そのうえ名前はおのおのの海草にぴったりの名前なのであった。ミル。アラメ。トサカノリ。ホンダワラ。ツルツル。エゴノリ。どの海草にも堂々とした名前がついていて、学名だってみんな立派にある。決して海草をばかにしていたわけではないが、そんなにもきちんと名付けが行われているとは思わなかった。ずいぶんとつまらないことだと僻んだ。

小説を書くときには、名付けの行われていない海草を拾うような気持ちで書きたいのである。

そこにある海草なのだから、名付けは行われていなくとも、生きるしくみや生きるうえに必要なかたちを全部かねそなえたものに違いない。未だ人の目に触れたことがないから、名付けがなされていないだけなのである。

拾ったわたしが存分に名のない海草を眺めて、考えに考えたすえ、その海草に似合った名前をつける。そういうふうにして小説を書きたいと思っているのである。

だから、実際に拾ったどの海草にも名前がついていることを知って、僻んだのであった。

ただし、海岸を歩いてかんたんに手に入れた海草に名前がついていたからといって不満を述べるのは、怠け者であることに違いない。海の深くや、誰も行ったことのない海際や、海流の奥底まで行ってみて、はじめて名前のないものが見つかるのだろうから。

海岸を歩いていて、海草でないものを拾うこともたびたびあって、そういうものは洗って干したり標本にしたりすることはないのか。数年前には、中くらいの箪笥を拾って、その箪笥のひきだしを引くと中から大きいのや小さいのや、さまざまな靴が出てきた。サンダルもあるしハイヒールもあるし男物の革靴もあるし小学校の上履きのようなものもあるしで、靴ばかりが並んでいるのは気味も悪くそれが知らぬひとびとの靴であればなおさら気味悪く、反射的にひきだしを押し込んだ。押し込みはしたが、気になって、入江ぎわにある松林まで引き上げた。

その少し後には布や太い糸がからまりあったような、さまざまの色目の直径五十センチくらいの球を拾って、これもほぐすことができずにかといって家に持ち帰るのも難儀で、松林に引き上げた。

こんな大きなものでなくとも、棒や機械や皮や何かの切れ端は多く海岸に落ちていて、見つければいちいち松林に引き上げてしまう。

海草なんかよりもずっと生きるしくみやかたちの整っていないこれらのがらくたではあるが、整理し、ほぐし、磨き、組み合わせ、再生させ、供することはできないか。そう考えて、つい引き上げてしまうのである。やはりどうも怠け者であるということになろうか。

今は海のそばには住んでいないが、海の奥底にあるかもしれない名のない海草や、松林に広げられた不備な雑物を思い返しては、小説を書こうとする。

そうやって書いたうちの一つがこのたび芥川賞をいただいて、新しく発見した海草に名付けをしたというほどのことではないにしろ、かたまりのぼろをほぐすことくらいはできていたのかなと、少し僻みがとれたようなこころもちである。

近所の大仏

芥川賞受賞以来、いろんな人から手紙をいただく。

「驚きました、ひゃあ、おめでとう」という調子のものが多くて、これは以前から知っている人たちである。

知らない人からの手紙も稀にあり、それはそれで楽しい。こんなにいっぺんに手紙をいただいたのは生まれてはじめてかもしれないと、毎日ほくほく眺め暮らしていたら、こんな手紙が来た。

「わたしは近所の大仏です。近所のよしみで、あんたを祝ってやろうと思う。祝うったって、たいしたことは出来ないが、大事なのは形でなくて真心である。今日の三時に下の階段のところで待っているから、来るように」

官製はがきに、これだけ書いてある。差出人の住所氏名は書いてない。

びくびくしながら、三時に玄関を細く開けて覗くと、三メートルほどの大仏が立っていた。ほんものだ、と驚いて、急いで出ていった。

「おめでとう」と開口一番、大仏は言い、右手を差し出した。

「どうも」と小さな声で言いながらこちらも右手を差し出すと、握り返してくる。私も身長は高い方だが、大仏はその私の二倍近くある。

「あんたのこのたびのことは、なかなかめでたかった。近所で起こったことの中では今年五十二番めにめでたいことだった」そう言ってから、大声で笑った。体が金属でできているせいか、わんわん響くいい声だった。

「一番めは何ですか」と聞くと、

「秘密遵守」と言い、笑いやめた。

笑いやめると、尊厳のある大仏らしい顔に戻るので、少しこわい。かしこまって下を向いた。

「ほらほら顔あげて」と、頭上から金属質の声が降ってきて、ふたたび上を向くと、大仏は尊厳を保ったまま、二歩後ろに下がった。下がると、その場であぐらをかき、印を結んだ。目も閉じて、瞑想に入った。

目を閉じて、そのまま長く動かない。日ざしが強いので日傘を取りに一回家に入ったほかは、ずっと大仏の隣に立っていた。日が傾いて少し涼しくなり、新聞配達のバイクや宅配便の車が行き来する時間になっても、大仏は座っていた。夕飯の用意があるのに、と思いながら、しかしせっかくの大仏なのだから、今夜は店屋物にすればいいと思った。

日が暮れるころ、こうもりが何匹も飛んできたと思ったら、大仏は静かに立ち上がり、ひらりと目を見開いた。

「そういうわけである」

それだけ言って、東の方向に、軽い地響きをたてながら歩いていってしまった。

それが一昨日の話で、今朝郵便受けを見ると、また官製はがきが入っていて、「一期一会」とだけ書いてあった。

あいかわらず、差出人の住所氏名はない。芥川賞を受賞すると、いろんなことがあるもんだ、と思った。

小説を書きはじめたころ

小説めいたものを最初に書いたのは学生のころである。小説なんていうものは、読むものであって、自分で書ける、書いていい、などとは想像したこともなかったのだが、あるとき書いてしまった。

書くにあたっては、いくつかのきっかけがあったのだが、中の一つに、初恋の男性が詩を書いていた、ということがある。「初恋の男性が詩」というだけで、気を失ってしまいそうなほど恥ずかしいが、許されたい。ただし、恥ずかしさの責めはその「男性」に負わされるべきではなく、私の側の「初恋」に負わされるべきものではある。彼《か》の人の詩は優れたものであった。念のため。

くだんの「初恋の男性の詩」は、書店に並ぶ雑誌に載ったりしていたのだ。それまで、活字になったものを書いている人間は、この世の中からは少し隔たった場所に棲《す》んでいるのだと思っていた。象徴的に、ではなく、物理的に、この世から隔たっているという思い込みがあったのだ。「もの書く人」が小田急線やら総武線やらの中でぼうっと吊り革につかまって立っていたりするはずはないと思っていたのだ。それなのに、身近な、それも「初恋」の人が書いたものが、活字になっている。

私は大いに驚き、また、うらやみ、「どうやって雑誌の人はあなたが詩を書いていることを嗅ぎつけたんですか」などと、見当はずれの質問をしたりしたものだった。そのせいかどうか、じきに私は「初恋」の人からあっさりとふられることになるのだが、それについてはともかく、「もの書く人」は、吊り革にもつかまるし、ハンバーガーも食べるし、パソコンのゲームもするし、梅干しの種もしゃぶるのだ、ということがわかった、ということが、私にとっての「書くきっかけ」の一つだったことは、間違いがない。

そのようにして書きはじめた小説だったが、どうも自分の書くものは、あんまり好きでなかった。自己愛は当然あるので、いくらかは自分の作品に対する愛着もあるのだが、同じ同人誌で書いているよその人の作品の方が、どう考えても優れている。これをして「客観的な目がある」と良く解釈することもできるが、ようするに、私の書いていたものが余程つまらぬものだったということだろう。

つまらぬものだったので、安心して一人で勝手に書きつづけることができた。万人に見せて共感を得ようという野心が湧いてこない。ごく特殊な人間に見せてウケをねらおう、一生に二人くらいにウケればいいや、などと思っていたふしがある。むろん「二人」というのは、無意識の中の謙遜であり、自己愛世界では「二十人」くらいに思っていたのではある。「二十人」という半端な数が、なんとも情けないが、今になってみれば、不特定・見知らぬ人・二十人の共感を得るということは、やはりたいしたものだと思う。なかなか妥当な数字だったかもしれない。

結局、二人（ほんとは二十人）にウケてもらいたいために書きつづけたものは、十年間以上、誰にもウケずに、ただ机の中に積み重なっていった。一人でいつも勝手に書き、一人で「くだらんな」または「少しはいいかね」などとつぶやきつつ、書いたものは少しずつ机の中に増えていったのだった。

「初恋」の人の詩は、今もときどき読み返す。自分の書いたものが活字になるようになったが、どう考えても「初恋」の人の書くものの方が優れているように思えるし、同人誌で一緒に書いていた人の小説の方が好きである。つまりは私は心情的には未だに書きはじめのころのままである、ともいえよう。二十人くらいにウケてくれるといいな、と願いつつ、現在もせっせと一人勝手に何かしら書いている、ということになろうか。

活字のよろこび

学生のころ、同人誌をつくっていた。まだワープロが非常に高価だった二十年以上も前のことである。最初のころは鉄筆で原紙を切り、謄写版で印刷していた。一枚一枚ローラーで刷るので、紙によっての印刷の出来不出来が大きかった。謄写版の調子が悪いと、ほとんど読めないような紙もあり、そんなときにはいちいち文字をボールペンで書き足したり、ホワイトを入れたりしたものだった。五十冊は刷っただろうから、ご苦労なことである。学生用の印刷室で、放課後遅くまで、ときには夜になるまで、立ちっぱなしで印刷していたあの意欲は、どこから来たものだったのか。印刷される、ということのよろこびがそれだけの苦労をいとわせなかったのだろう。

何号か刷るうちに、他の同人誌活動をしている団体と交流が始まり、そんな団体を通じて「オフセット印刷」というものを知ることになる。同人誌相手に安く印刷をしてくれる印刷屋さんがあるらしい。書いた原稿を持っていくと、製本までの過程をひきうけてくれる。同人一人あたま数千円出せば、印刷費に足りる。

さっそく頼みにいった。文字がかすれることもないし、綴じめがゆるむこともない。いっきょに同人誌がハイレベルのものになったように感じられた。内容は変わらなかったのだが。しかしそのときも、文字は手書きのものだった。どうしても個人の字の特徴が出る。その人の書くものとその人の書く文字があいまって、雰囲気が深くなる。良い具合に深くなればいいが、妙な色がついてしまったりする。暗い文字を書く人の話は、実際よりも暗く、能天気な字を書く人の話は、いくら真剣でもふざけて見えたりした。

活字で自分の作品を印刷してみたいものだ、とため息をつきあった。活字の無味乾燥さというものの力は、大きい。色をつけないという効果（効果というのか、効果なしというべきか）は、素晴らしい。

だから、「どうにかして商業誌に作品を載せてもらい、活字で読まれる」ことへのあこがれは、非常に強かった。それは今だって同じかもしれないが、どうやっても活字を使えなかった昔は、もっと強かったと思う。パソコンやワープロで活字を打ち出せ、インターネットで自分の作品を不特定多数に向かって発信できる今は、おそらくわたしが同人誌活動を行っていたころよりも、「商業誌」へのあこがれは、減っていることだろう。

あこがれゆえに、わたしたちは『群像』だの『海』だの『ユリイカ』だの『SFマガジン』だの『ガロ』だのを、息をつめるようにして読んだものだった（列挙がばらばらで申し訳ない、そのころ読んでいた雑誌です。定見なくてとほほ、ですね）。こういう雑誌に自分の書いたものが載ったら、どんなにか誇らしく有り難いことだろうと、寝ても覚めても思ったものだった。ただし、それだからといって新人賞に応募したりはしなかったのだけれど。あんまりあこがれすぎて、高い高い、とうてい手の届かないものに思えたのである。登るなんてとんでもない崇高な山に思えたのである。

最初にワープロをいじったのは、今から十数年前だったろうか。画面には一行しか打ったものが表示されない。フロッピーなどというものも使えなくて、一頁ぶんのメモリーしかない。文章を推敲しようと思っていじっているうちに、間違えて全部を消してしまったりする。

それでも、なんて嬉しかったことだろう。自分の書いたものを活字にして打ち出せる機械。手書きの汚い自分の文字で書いた話だとつまらないひとりよがりのものに思えるのに、こうして活字になると、なにか「いいもん」に思えるではないか。もしかしてわたしって、話書くのがうまいんじゃない、ひゃあ。そんな束の間のしあわせな勘違いにもひたらせてくれた。なにせフロッピーも使えないので（当時はフロッピーという言葉すら知らなかった）、一度原稿用紙に下書きしてから、わざわざワープロで打つのであるが、そうやって打ち上がり、印字したものを、うっとりと読んだものだった。

活字になって「いいもん」に思えたから、友達に送りつけたりもした。感心してもらえるかと、書き上げた話をいくつもコピーして、送りつけた。でも、反応はなかった。いくら活字にしても、内容は同じだったから。情けないが、しかし活字になった自分の話は、反応のない情けなさに余りある嬉しさをもたらしてくれたのだ。ワープロさまさま、であった。

今はあたりまえのようにしてワープロを使い、書いたものを印刷してもらい、「締切りがつらい」などとえらそうなことを言っているが、ほんとうはあのころの活字に対するあこがれを、わたしはぜんぜん忘れていない。書いたものを活字にしてもらい、雑誌に載せてもらえるしあわせを、夜中「ふふふふ」と言いながら、じっくりと嚙みしめている。

ちょっと怖いですね。でも、活字って、とても清らかなものだと思うのだ。清らかで、崇高で、今でもわたしのあこがれのものだ。

図書館と屈託

図書館を舞台にした小説あるいは図書館の登場する小説というものはあんがい多くて、それをわたしはひそかに「図書館小説」と呼んでいる。図書館というところには、小説の舞台にしたくなるような、独特の空気があるように思う。

最初に長い時間を過ごした図書館は、生まれ育った家の近くにある区立の図書館だった。受験の時期の夏休みに、毎日通った。友人と待ち合わせて、開館と同時に入って、午後まで勉強する。しかし勉強していたのは友人ばかり、わたしはすぐに飽きてしまい、「ちょっと休んでくる」と言っては書架の間をうろうろして、小説本や雑誌を読みふけった。昼になるまで、友人の勉強している「学習室」ではなく「閲覧室」の机で勉強と関係ない本を読んで、昼になると「学習室」に戻ってなにくわぬ顔をした。それから友人と共に食堂へ行き、うどんかパンを食べコーヒー牛乳を飲み、午後は申しわけ程度に単語を覚えたり数学の問題を一つくらい解いたりしたが、今度は眠くなって、ぐっすりと眠ってしまうのだった。

次に長い時間を過ごした図書館は、大学の図書館だった。理学部に通っていたにもかかわらず、あんまり理科のことは勉強せずに、ここでも小説本ばかり読んでいた。書架の間にある机に座って、出るべき授業をさぼって、一日に二冊くらい読む。ああまたさぼったと思いながら本から顔を上げると、正面に文学部の教室が見えた。教室の中の人たちがノートをとる表情を眺めていると、自分がなさけなくなった。こんなところで何をしているのだろうと下を向く気分になった。それならば次の授業に出ればいいのに、どうしても図書館から外へ出ていくことができないのだった。

次に親しんだのは、大学を卒業してからしばらく研究生をしていた研究所の図書館だった。研究所では、ねずみやうさぎを使った実験をしていたので、気持ちが疲れることが多かった。疲れるのは自分ばかりなのか、小さな動物を殺すことを他の人がどう思っているのか、忖度してはいけないような感じがあった。暇な時間があると、建物の地下にある図書館に行き、ここには科学の本しかないので本は読まず、眠った。しばらく眠ってから研究室に帰り、しかし眠ってもあまり疲れはとれないのだった。

どの図書館も、ひやひやしていて古かった。ひやひやして古い空気が、屈託を吸いとってくれるように感じられた。

今行くのは、近所の広い市立図書館である。屈託は今もあるが、昔持っていた屈託とはちがうので、閲覧室は明るく暖かいので、図書館の奥に沈んでいくような心もちになることは、もうない。

弟・京都・金魚すくい

冬になると思い出すことがある。

高校三年生のとき修学旅行で訪れた京都のことである。

京都の何を思い出すかといえば、多くのうつくしい仏様や寺のたたずまいやしんとした空気のことではなく、京都について書かねばならなかった作文のことを思い出すのである。京都を修学旅行で訪れる。京都を見る。友人たちと夜中までひそひそ喋る。新幹線に乗る。そんな楽しみもあんまり思い出さないで、ただあのときの作文のことばかりを思い出すのである。

そもそも作文というものが不得意だった。

何を書いていいか、わからない。小学校の低学年のころはいつも「お祭の金魚すくい」のことを書いていた。赤い勢いのいい金魚をすくうと紙がすぐに破けてしまうので、動きの遅い出目金をすくうべし、お祭は楽しいものなり。そんなことをいつも書いていた。一学期に一回くらい作文を書かなくてはならないので、二学期と三学期は金魚すくいのことではなく、輪投げとカルメ焼きのことを書いていたかもしれない。輪投げは高そうなものを狙うべからず、素焼きの小さな蛸の人形だの十円ほどの四角いガムを狙うべし。カルメ焼きは実演を見るだけにしておくのが上策、袋に何個も入っているカルメ焼き完成品は甘いのみなり、買うべからず。そんなところだろう。作文とは言いがたい。何も書いていないよりはまし、といった態のものだった。

十歳のころ年の離れた弟が生まれてからは、ひたすらに弟のことばかりを作文に書いた。赤ん坊は可愛いものなり、泣いてもうんちしてもわがままを言っても暖かな生き物は可愛いものなり。数年間はそれで過ごした。中学の終わりころになると成長した弟について書くのもはばかられるような気分になったが、どうせ毎年国語の担当は変わるのだし、弟が何歳かなどと調べはすまいとそのころになると高をくくって、ほぼ毎年同じ内容のことを書くようになっていた。前の年に書いたものをそのままほとんどうつしたこともあったかもしれない。

中学生高校生と長ずるに従って、作文を書く頻度は少なくなっていった。少なくなりながらも、ひたすらに弟のことを書いていた。高校二年生にもなってあかんぼの弟のこともないものだが、かまわず書いていた。苦手でしかたなかったのだ、作文というものが。なぜそんなに苦手なのか、自分でもよくわからない。「作文らしい」ことを書かねばならない、と思っていたのかもしれない。「作文らしい」とは、どのようなものか、今考えても不明なのだし、「年の離れたあかんぼの弟のこと」など、どう考えても「作文らしい」ことからは一番遠いのだが、動物の映画が人に許されやすいのと同様にあかんぼのことを書いていればなんとなく許されるのではないか、というような不穏当な根拠に依って、書いていたような記憶が、かすかにある。

高校三年生のときに書いた作文は、おそらく一つだけだったろう。それが「京都旅行を終えて」という題名のものだった。自由題ではない。弟のことは書けない。何がなんでも京都について書かなければならない。金魚すくいで誤魔化すこともできない。まして輪投げカルメ焼きをや。

京都の寺も仏像も町の様子も、全部好きだった。さてしかし、そのことを作文に書こうとすると、「とてもきれいでした。とても好きでした」それしか書けない。どうしたらいいんだ。二行にも満たないで終わってしまう。行った寺や見た仏像の名全部を並べたとしても、二百字にも達しない。いったいぜんたいああ。それまで安易きわまりない「弟もの」で誤魔化していたツケが、このとき一時に押し寄せたのである。

悩んだ。悩んだといっても、提出締切りの前ひと晩くらいだろうが、それでも、悩んだには違いない。悩んだすえ、わたしは何をしたか。創作を書いたのである。これは今でもはっきりと覚えている、「秋篠寺の伎芸天を彫った彫り師三代」という、とんでもないいんちき歴史職人小説を書いてしまったのである。

秋篠寺の伎芸天を、わたしは大好きなのである。初めて会ったときには、あまりの豊穣さやさしさにびっくりして動けなくなり、見学時間の三十分間、棒のように立って眺めていた。建立の謂われを後に調べ、修復が数度に渡って行われたことも知った。そういうことを素直に書けばいいものを、書こうとすると、「とってもよかった。感激した。修復した人たちもいました」というようなことしか書けない。語彙が少ない、表現力はない、話のつぎほもなんにもない。

それで、仕方なく創作を書いたのだった。

創作の方がむつかしいかと思われるむきもあろうが、なぜだか知らぬが創作の方が、かんたんだった。「作文らしさ」に向かって書かなくていいような気分で書くと、いくらでも言葉が現れるのだった。上等な創作だったとはお世辞にも言えないが、「よかったです、きれいだったです」よりは、いくぶんかましだった。

「らしさ」にしばられなかったからだろう。ただし、国語の時間にその「らしさ」を具体的に要求されたことがあったかというと、それも記憶にないのである。自分勝手に「らしさ」を固定して、自分勝手にしばられていただけなのだろう。穴の中でくるくるまわるねずみみたいなもんだが、そのねずみが生まれて初めて創作というものを行って、こんなに楽しいことないもんだなあと感心したのであった。

おそらく「京都の作文」がわたしにとっての小説処女作であり、そのようなわけで、冬になると必ず京都のことを思い出す、というしくみである。

いんちきくさい「弟のこと」から離れて、初めて物語をでっちあげる楽しさに目覚めた（それはそれで、また違う相にあるいんちきくさい行為ではあるのだが）冬だった。

おそまつな顚末で恥ずかしい。でも、京都と、「作文らしさ」に対する苦手意識のおかげで、処女作を書けたんである。ありがたいような、忸怩たるものがあるような、でも、とても、なつかしい。

武蔵野のこと

生まれ育ったのは、武蔵野と呼ばれる地域である。東京都の一部であるが、生まれた四十年前は、まだまだ草深い土地だった。

武蔵野の記憶は、川の記憶につながる。

神田川の上流のほとりに、住んでいたのである。狭く流れの速い川だった。川の両岸の土手には、春にはつくし、夏にはすかんぽ、秋には月見草が茂った。現在では川幅は広く改修され河岸はコンクリートで固められているが、当時は、大きな台風が来れば、川はしょっちゅう氾濫していたのだ。

携帯ラジオ。懐中電灯。魔法瓶に入れたお茶。大きく握ったおむすび。台風の季節になると用意した。床上浸水、避難警報、水をせき止める土嚢、などという言葉も、身近なものだった。

台風が去り、晴れ上がると、近所をうろついた。

川の水量はまだまだ多い。ごうごうと音をたて、流れは茶色く濁っている。上から川を眺めようと思い、橋まで歩く。するとなんとしたことか、橋がない。木でつくられた、人ひとりしか通れない幅の狭い橋だった。川の氾濫で、あっけなく流されたのである。

じきに新しい橋が架けられたが、その橋は前のものよりもさらに狭く、おまけに手すりがない。板切れに毛の生えたような橋だった。下級生の女の子がその橋から落ちて遠くまで流された、という噂がたったりした。真偽のほどは不明なのだが。

こわくて、わざわざ遠くまで、堅固な橋を渡りに行った。やがて、手すりのない橋に代わって幾分かはしっかりとした橋が架けなおされたが、その橋も、翌年には台風でふたたび流されてしまうのであった。

川、といえば、太宰治が心中したことで知られる玉川上水も、近所を流れていた。学校の横の土手の底を、玉川上水は満々と水をたたえて流れていた。流れも速く深みもあり、落ちると子供は助からないと言われていた。柵を越えて中に入ってはいけません、と学校で注意されていたにもかかわらず、柵の破れ目から川の土手に入り込んで遊んできた、と自慢する男の子たちはあとをたたなかった。禁止が好奇心をよぶのは世の習いである、ということか。こちらの上水にも、神田川と同じく、真偽のほどが不明である「流されて亡くなった下級生」の噂がいくつもあった。

昭和半ばごろの川は、生活のすぐ近くにあった。川は、暗渠の中に閉じ込められてもおらず、コンクリートの河岸に囲まれてもおらず、子供たちは釣り糸を垂れ、小石を投げ、水の上に落ちたボールを追いかけて流れに沿って走り、夕方には岸の土手に座って沈む夕日を眺めたものだった。

いつのころからか私は大人になり、川で遊ぶこともなくなった。実家を離れ、十数年の間、武蔵野とは縁のない場所で暮らした。二度と武蔵野には帰らないことだろうと思っていた。しかし、この四月から縁あってふたたび武蔵野に住むことになったのである。幼いころ遊び場にしていた玉川上水の近辺を、今では子供たちが遊び場にしている。

時は流れるものであると感慨にふけったりもするが、今の子供たちにも、四十年前とは違うものだが、禁止事項があり、それを破る楽しみがあり、「○○した下級生」の噂も、内容こそ違え存在するらしい。時は流れるが人の性は変わらず、という、これも世の習いであるか。

遠いらっぱ

遠くから聞こえてくる音というものに、惹かれる。

遠い音といって思い出すのは、童話雑誌『赤い鳥』や『コドモノクニ』に載っていた幾つかの童話の中の「遠い音」である。たとえば千葉省三の短篇『遠いラッパ』の中の、馬車のラッパの音。与田凖一の短篇『小さな町の六』に登場する、「あーしーたーのーひーるーかーらーよぼうちゅーしゃがーあーんる」と小さな町じゅうをふれまわって歩く、知恵遅れの男「六」の声。

どれもさみしくうつくしい音だった。自分が生まれるよりもよほど以前の情景なのだが、たいそうものなつかしい感情を呼び覚まされた。いつかどこかで、それらの音をはっきりと聞いた記憶があるような気が、読み返すたびにした。

いつか聞いたはず、という記憶はどこから来るのだろうとずっと不思議に思っていたが、ある日ふと思いついた。その音は、私がまだ小さかったころの昭和半ばの東京の路地の音と類似のものなのであった。

路地の音、それはさまざまな物売りの人たちのたてる音であった。金魚屋さんの「きんぎょーえーきんぎょー」、貝売り屋さんの「あっさりぃーしんじみぃー」、屑屋さんの「くずーえおはらーい」、そしてきわめつけは、豆腐屋さんの「とーふぃー」とも聞こえるらっぱの音。

夕方、豆腐屋さんのらっぱの音が聞こえるころになると、子供たちは家路を急いだものだった。暗くなると人さらいが出ますよ、と言われていた。人さらいはらっぱの音の後ろからやって来るように思われた。遠くで豆腐屋さんのらっぱの音がかすかに響く時刻になると、慌てて遊びをやめた。遠いらっぱの音は、見知らぬ恐ろしいものを連想させた。泥だらけになった足を勝手口の雑巾でぬぐい、私たちは安全な家の中に逃げ帰った。

家のなかで聞くらっぱの音は、もう恐ろしいものではなくなっている。絹ごし二丁ね、と母からいいつけられ、きれいになった足にサンダルをつっかけ、アルミの鍋と十円玉幾つかを持って門の前で豆腐屋さんを待つ。近づいてくる豆腐屋さんのらっぱの音は、先ほどとはうってかわった親しみ深いものだった。豆腐屋のおじさんの赤いてのひらが、水の中の豆腐をすくう。水を張ったアルミの鍋に鮮やかな手つきで豆腐を滑り入らせる。十円玉を受け取り、「おつかいご苦労さま」と言って自転車のサドルに再びまたがり、らっぱを一吹きする。豆腐屋さんが去ってからもしばらく、私は門の前に立って遠ざかるらっぱを聞いていていた。家の中は暖かく、人さらいは今日も来ず、夕餉の醤油の匂いが漂ってきていた。いちにちの終わりはせつなかった。そのせつなさは、甘いせつなさだった。

このごろでは、らっぱを吹く豆腐屋さんも見かけなくなった。それでも、遠い音は何かを呼び起こす。

一軒おいて向こうの空き地で鳴いている虫の音。梢の上のほうにとまっている鳥の声。ひとけのない夕方の公園で誰かが練習しているトランペットの音。夜の湿地で鳴く蛙の声。雨雲の彼方で鳴る遠い雷鳴。

今も昔も、遠い音は、胸の奥をかすかにしめつける。

立ってくる春

「もう春ですよ、ひろみちゃん」と祖母に言われ、驚いた。

昭和半ばの東京、二月初旬。一昨日は雪が降った。出したばかりの十一月ごろには重いと思っていた布団のその重さが嬉しく、いつまでも朝は布団から出られなかった。つまさきを、もう暖かくないゆたんぽを包むネルの布に、ぐずぐずとくっつけていた。

ようやく布団から出て、長袖のシャツを着て、ブラウスを着て、セーターを着ても、ちっとも暖かくならない。木造の家は隙間だらけで、このごろの機密性のある家のように、窓に結露を見ることもない。外と中の温度がさほど変わらないので、結露しないのである。吐く息が白い。顔を洗いながら、外国のお姫さまはきっと毎日お湯で洗顔してるんだろうなあ、などと考える。

私は、日本の小学生で、タイツの膝にはつぎが当たっていて（ひどく貧しいから、というのではない、あのころはストッキングだっていちいち伝線をかがっていたものだった）、指先にはしもやけがあって、宝物は箱根みやげの千代紙貼りの入れ子の箱とタミー人形（着せ替え用の服は高価なので、母が見よう見まねで二着ほど縫ってくれた）、というごく普通の子供だった。

「今日から春ですよ」もう一度、祖母が言った。

「でもまだ冬なのに」私は口をとがらして答えた。霜柱はつんつん立っていたし、その朝も水道管が凍った。あおあおとしているのはつわぶきの葉とアオキばかりで、楓も欅も桜も柿もすっかり葉を落としてしんとしていた。寒暖計の赤は下の方にわだかまり、ぜんぜん上がってこない。

「でも、暦の上では、ほら。立春ですよ」

「りっしゅん」

「春が立つ、春になるっていうことですよ」

祖母の部屋には日めくりの暦が下げてあった。暦には、二月四日、木曜、友引（お葬式をしてはいけない日だと、少し前に教わった。引かれますからね。祖母は説明した。それ以上は聞いても答えてくれない。ひかれるって、鼠にひかれるみたいなもんなんだろうか。巨大な鼠が出てきてひくんだろうか、こわいこわい、と私は身震いしたものだった）、立春、の字が並んでいた。

「春って、立つの」

「立ちますよ」そう言って、祖母は真面目に頷いた。以来私は、春は立つものだと思うようになったのである。

立つ春とは、どんなものなのだろう。学校へのみちみち、考えた。人間のかたちをしたものでは、なかろう。空気のようなものか。でも空気は目に見えない。「立つ」と感じるからには、目に見えなくては。本の中にある竜や鬼や妖怪に似た、この世のものではない生き物のかたちをしたものか。それも違う、春はもっと柔らかでのほほんとしているから、火を吐いたり金棒をふるったりするものたちの類ではあるまい。春とは、こまかな生気あるものに満ちた、盛り上がるようなものだ。それならば。

歩きながら、晴れた冷たい空気の中に見える遠い富士を眺めつつ、私は「立ってくる春」のかたちを、決めた。

立ってくる春とは、さまざまな小さい生き物でみっしり埋めつくされた一枚の絵のようなものにちがいない。その春が、地平線の向こうにゆっくり上がってくる。最初のころは端っこだけしか地平線近くに見えていないが、太陽がのぼるように、日々次第に高くのぼってゆく。そして四月ともなれば、すっかり全天を覆うようになるのである。

これだけのことを決め、ようやく私は満足した。よしよし。謎は解けた。なるほど春は立つものであろう。まだあんまり見えないけれど、たしかに、今日、ずっと向こうのあの山のあたりに、春が立った。うんうん。

勝手に解かれてしまった「春が立つ」謎は、今にいたるまで、じつは私の中に居つづけている。現在も、立春という言葉を聞くと、反射的に、水平線からゆっくりと立ち上がってくる靄のような絵を思い浮かべるのである。

まだまだ寒い、しかしじきに、春である。

桜

「花のあるところに長く居てはいけませんよ、からだが変わってしまいますからね」

そう言ったのは、お隣のオノさんのおばあさんだった。

「でも花ってどこにもたくさんあるのに。ここの庭にだって」

言い返すと、オノさんは真面目な顔で、

「ひろみさん、花っていうのはね、桜のことを指す言葉なのよ。日本人が花と言うときは、桜。よく覚えておきなさい」と答えたのであった。

小学生のわたしは、友達と遊ぶのがあまり得意ではなく、学校から帰るとお隣のオノさんのところに遊びに行くことが多かったのだ。みかんを食べたり切り紙をしたり花札の花合わせをしたりして過ごした。二人でする花合わせというのは間抜けなものだったが、やたらに四光や五光ができるのが嬉しくて、何回でも興じた。オノさんが好きなのは梅松桜の短冊札を集める赤短、わたしが好きなのは梅松桜の高い札を集める表菅原だった。二人とも派手な札が好きだったのだろう。点数を競うよりも、そういう役ができるのを楽しんで、夕方遅くまで花を合わせた。

オノさんが桜のことを言ったのも、花合わせをしている最中のことだったように思う。

「からだが変わるって、どういうふうに」聞くと、オノさんは少し考えてから、「さあ。どういうふうにかしらねえ」と言い、あられかなんかを取りに台所に行ってしまった。

しばらくして桜の季節になり、わたしはオノさんには内緒で近所の桜並木の下に行ってみたのである。「からだが変わる」というのがどんなものか、どうしても知りたかった。夕方、桜は街燈の光を受けてへんな感じに輝いていた。小学生の感覚だから、たぶん二十分くらいであったろうが、じっと花の下に立って我慢した。人が通るときには怪しまれぬように幹の陰に隠れたりした。ほの明るいだけだった街燈の光が強い光になるまで我慢してから、からだのあちこちを触ってみたが、めだった変化はなかった。安心したようながっかりしたような心もちで帰り、夕飯を食べて眠った。寝床の中で、左右の足の長さが違っているような気持ちにもなったが、それはよくあることだった。寝床の中でからだが変わるのはいつものことである。膝がいやに出っ張ってしまったり、顔がひらべったくなったり、腕が固くなったりする。桜の下でからだが変わるのは、そういうのとは違うという確信があった。今日変わらなくても、毎日桜の下に立っていれば変わるかもしれないと思いながら、眠りについた。でも、それきり桜の下に行くことはなかった。行きそびれたのかわざと行かなかったのか。覚えていない。

桜の下で死にたい、とか、桜の根元には死体が埋まっている、などという歌や物語があるのを知ったのはオノさんの家に遊びに行かなくなってからのことである。オノさんはそういう歌や物語が好きだったのだろうか。それとも、長く生きてきて知った秘密めいたことを、ふっと隣の小学生に教えたくなったのだろうか。

オノさんが抱いていた桜に対する思いを、オノさんの歳にだんだん近づいてきたにもかかわらず、今のわたしは思うことがない。桜は桜である。何時間桜の下にいたって何が変わるものか。ふふん。そんなふうに思っている。けれども一方で桜の物語やオノさんの言葉が知らぬ間にわたしの中に積もって、ほんの僅かな怖れにも似た何かをかきたてもするのである。ただしそれは、小指の先ほどの怖れである。吹けば飛ぶよな怖れである。日本人が、かつて夜の中に桜の中に森羅万象の中に感じていた怖れを、ここにあるわたしは遠い谺《こだま》を聞くようにしか感じることができない。

その遠い谺を聞きながら、わたしは桜並木の下を歩き、ときどきはござを広げて桜の下で飲み食いをしたりする。

わたしがかつて下に立ってみた桜の背は高くなった。花の色も濃くなった。オノさんは、ずいぶん前に亡くなった。

買い物のよろこび

夏になると、一生で一番真剣に買い物をした、あのころのことを思い出す。あのころ、わたしは小学生だった。あのころ、小学生のわたしに買い物のよろこびを教えたのは、「夏祭」だった。

神社の境内では、祭の数日前から櫓が組まれ、当日の昼ともなれば、どこからやって来たのか大勢の男衆が店の準備を始めた。中には腕に刺青のある若い衆なんかもいたし、晒を胴に巻いたしおから声の五分刈りの老人なんかもいた。昼から何回も神社の境内と家の間を行ったり来たりして、祭の始まる夕方までにはすっかりわたしは興奮しきってしまうのだった。

いよいよ祭の太鼓が鳴り始めると、百円玉をきっかり三枚握りしめて、わたしは夜店の間を何回でも往復する。この三百円で何を買うか、どんな遊びをするかは、人生の重大問題だった。

友達が「あんず飴買おうよ」などと誘っても決してわたしは「うん」とは言わない。あんず飴なんかよりももっと気のきいた、手の中のお金に見合うだけのきらきら輝いたものが絶対にあるはずだった。それはたぶん鼈甲飴かしんこ細工か、それとも金魚の隣の水槽でにょろにょろ泳いでいる大うなぎを釣ることなのかもしれなかったが、興奮してぐるぐるまわっているわたしの小さな頭では、なかなか判断が下せないのだった。

そうこうするうちに、盆踊りもたけなわとなる。友達は一人去り二人去りする。それでもわたしの手の中の百円玉は一個も減っていない。

どうしよう。金魚すくいを一回はしなきゃお祭に来た甲斐がないし。でもそれより百円玉が乗せてあるガラスのコップを輪投げで取って元手を増やした方がいいかもしれない。いやいや思い切ってお金をつぎこんで籤《くじ》で大物を当てる方が……。くよくよ悩んで、夜は更けてゆく。

祭が終わるころまでわたしは悩みに悩む。だんだんと夏祭は終わりに近づく。終わりが近づくにしたがい、せっぱつまったわたしの頭の中はまっ白になる。そして結局三百円は、ほんの少しの海ほおずきとあんず飴と金魚すくい三回ぶんほどに、あっけなく化けてしまうのであった。

祭が終わった神社の石の階段に、燃え尽きた様子でぐったりと腰かけ、袋の中の金魚と出目金をぼんやり眺めている子供こそは、あのころのわたしである。

金魚の袋をぶらぶらさせ、海ほおずきを口にふくんでぶっぶっと鳴らしながら、わたしはゆっくりと帰途につく。てのひらの中の汗ばんだ三枚の百円玉はくめども尽きぬ宝の山に思えたが、終わってみればあっけなく消えてしまうものだった。それでも、毎年夏祭がめぐって来るたびに、何を買おうかどうして遊ぼうかと、小学生のわたしは飽くことなく胸を高鳴らせたのである。

あんなにどきどきする「買い物」の楽しみはその後あらわれず、そういうわけで現在のわたしは、ブランドのものを買うこともなく、一枚五百円くらいの安直なシャツで毎日を過ごしている。ゴム草履でどこにでも行ってしまったりする。でも、あのころ感じた「買い物のよろこび」は、今もいきいきと思い出すことができるのだ。買い物は、じつに、人生の醍醐味の一つでありましょう。

世界の終わりの『サザエさん』

夜、階段に座っていた。

六歳のころの記憶である。座っていたのは、アメリカ西部の小さな町の家にある外階段。古い家だった。その家の一階に住んでいた。玄関の部分はバルコニーになっていて、そこから通りに下りる低い階段がある。その家の二階には、中国人の若夫婦が住んでいた。

真夜中、ふと起きると、家の中には人の気配がなかった。あ、誰もいない。すぐにわかった。家じゅうを探しまわったりしなくても、わかってしまった。車ももうほとんど通らず、街燈の光が窓越しに射し込むばかりだった。まだ若く遊びたい盛りだった両親は、寝つきのいい子供だったわたしを一人家に残し、今思えば、どこかに遊びに行ったのだったろうか。

捨てられたのかな。

第一に、そう思った。捨て子、という言葉が流通していた時代である。だけど、わたしが子供を捨てるんなら、家財道具一式ごと捨てたりはしない、子供だけをどこか遠くに捨ててくるだろう。もし捨てられたんだとしても、家もあるし食べ物もあるし、一人でこの家で生きていけばいいや。

しばらく寝間着のまま外階段にぼんやり座って道の両側に植わっているポプラの木を眺めているうちに、第二の思いつきがやってきた。

父と母は、誰かにさらわれたのかもしれない。人さらいという言葉が流通していた時代である。人さらいのイメージは非常に日本的で、西部の穏やかな田舎町には似合わなかったが、アメリカにだって人さらいくらいはいるかもしれなかった。それだったら、わたしが捜しに行かなくっちゃ。長の旅仕度をして、アメリカじゅう探さなければならないとしたら、こりゃ大変だ。でもまあ食べ物はあるし（いつも食べ物の心配をしている子供ではあった）、服もあるから、鞄につめて。

だけど、捜すうちに父母の顔を忘れてしまったらどうしよう。ぼんやり思っているうちに、第三の思いつきがやってきた。

もしかすると、世界は終わってしまったのかもしれない。わたしが眠っている間に、きっと世界は終わって、人間は一人残らずいなくなってしまったのだ。わたしはあんまり小さいので、世界を終わらせた神様だか悪魔だかに見落とされて一人残ってしまったにちがいない。そういえば、さっきから車が一台も通らない。

そうか、世界は終わったのか。

世界の終わりに、ポプラの並木はつやつやと輝いていた。敷石の間にみみずが這っていた。どこかの犬が鳴いていた。街燈は静かにともっていた。

一人で生きていくのは、さみしいな。でもがんばって生きていくしかないんだろうな。妙に澄んだ気持ちで思い、六歳のわたしは日本から送ってもらった『サザエさん』を本棚から取ってきて、外階段に座って読みはじめた。車は通らず、ポプラはときおり風をはらんでざわざわ鳴った。繰り返し読んでいたので『サザエさん』は全部そらで覚えていたが、階段に座り、一頁ずつていねいに読んだ。

そのうちにサザエさんの絵がのびたり縮んだりするような、へんな心もちになってきた。それでも、ゆっくりと、一頁ずつ読んだ。

いつまでたっても、車は通らない。

Monkey

最初に喋った英語は、"Hiromi is a monkey."という文章だった。小さいころ、アメリカにしばらく住んだ、そのときのことである。

地元の公立の学校に通っていた。毎日英語を聞いているのに、ぜんぜん英語を理解できなかった。もともと五歳のとき、学齢が満ちるよりも一年早く、小学校に入学していたのだ。アメリカには飛び級制度があるが、それに準じたのではない。たんに、いんちきをして、一年早く入学したのである。体だけは大きかったので、それをいいことに書類をごまかしたのだ。「せっかくアメリカに来たんだから、少しでも長く学校に通わせようと思って」と、母は後年涼しい顔で説明したが、言葉のまったく通じない国で一年早く入学させられたほうは、かなわない。

緊張のあまり、わたしは毎日教室でおしっこを漏らすことになる。おしっこというものは、たいそう温かいものである。漏らす瞬間は、ちょっときもちいい。きもちいいが、なんともはや情けないものではあった。

さっぱりわからない言葉が頭上に飛び交う中で、一日一回のおしっこ漏らしは、もしかすると一種の「わたしは存在してるのよ」という叫びだったのかもしれない。というのも後年に考えた理屈なのであるが。ともかくも、あのころあった「世界をまったく理解できない」という感じは、今でもまざまざとよみがえる。言葉を理解できない者は、世界を理解できないのである。世界は、言葉でかたちづくられているのであった。

理解できない世界の中で、わたしはいったいどうやって生きていたのか。日本語で何かを考えていたのか。そうではなかった。そんなことは、できなかった。日本語の中に籠りきるだけの強度は、まだ備わっていなかった。それならば、どうしていたのか。どうもできなかったのだ。どうもできず、ただ座って、まわりの風景を見ていた。見ていることしかできなかった。そのとき、風景に意味はいっさいなかった。どの風景も、あわあわと過ぎてゆくばかりだった。すべては茫漠としていた。言語化から思考が始まる、とはしばしば言われることだが、まったくその通りだった。わたしは、赤ん坊が世界を感じるやりかたとおそらく同じやりかたでしか、世界を感じられないのだった。

　以降は、赤ん坊と同じみちすじである。真似ごとから言語の習得は始まる。六〇年代アメリカ西部において、弁当にバナナを持ってきた子供は、“○○ is a monkey”と囃されるのが習いだったが、ある日わたしも持ってきたバナナによって囃され、結果、ふっとその囃子ことばを真似した、というわけである。まさにその瞬間から、わたしの英語習得は始まり、世界は艶と色を取り戻した。

“Hiromi is a monkey”はつまり、わたしをふたたび世界につないでくれた呪文ということになろうか。なんとわたしは高らかに"Hiromi is a monkey"と、唱えたことだろう。囃す子供たちに混じって、なんとよろこばしく、唱えたことだったろう。ふたたび世界は、わたしに向かって開かれたのである。大いなる monkey の呪文によって。

穴

ときどきむしょうに、穴を掘りたくなった。

裏庭の、どくだみやユキノシタが生えるあたりの、暗く柔らかい土を見ているうちに、掘りたくなった。シャベルを持ち、しゃがみ、湿った土をたんねんに掘っていった。

さほど深く掘るわけではない。土が穴の横に盛り上がっていくことが嬉しいような、穴が漏斗型に少しずつ深まっていくのが嬉しいような、土を掘るときにてのひらに返ってくる感触が嬉しいような、あいまいな気分で、半時間ほど掘りつづけたものだった。

やがて疲れて手を止める。しゃがんだままぼんやりする。さてこの穴をどうしようか、と思案する。

思案の末、たいていはそのへんのもの、花びらやら木の葉やら小さな虫やらを、埋めた。それからまたていねいに土をかぶせ、ならし、最後に足でとんとん踏み固めた。穴はもうないようになる。しばらく眺め、家に入った。

「小さいころ、裏庭で、穴を掘っては埋めたんですよ」先日知人と話をしているときに、言ってみた。

「へえ、穴ですか」

「ちょっとした穴なんだけど」

「ぼくは穴は掘らなかったなあ。そのかわり、裏庭っていえばね、大きなヒマラヤ杉の木があって。一人でよく登ったよ」

そんな会話を交わしたのだ。

「木登りは上、穴掘りは下に、それぞれ、向かって行く行為ですなあ」

ふと、知人は言った。

「そういえば。そうかもしれない。へんなの」

へんなの、と言ってしまったところで、会話は終わった。上に向かう、または下に向かうことの意味を問うたりもせず、なんとなく、終わった。

なんとなくそのときは終わったが、以来おりにふれて、穴を掘りふたたび埋める行為について、思う。

それはたとえば、子供の、未だ混沌としている性的なるものの、あらわれなのかもしれない。またたとえば、木登りは天を目指す行い穴掘りは地に深まるおこないと為《な》して、天を此の世の果て地を彼の世への入り口と、解することもできよう。ただし、そのような見立てめいたことは、ほんとうは、あまり考えない。ただ、気持ちがよかったな、と思うばかりである。

穴を掘ってまた埋める気持ちのよさは、私のおなかのあたりにあった。おなかのあたりが、冷や冷やするような、暖まっていくような、そのような気持ちのよさだった。木に登っており る知人の気持ちのよさは、どこにあったのだろう。頭の中か、爪先のあたりか、性器の周辺か。まあどこでもいい。

去年今年《こぞことし》、人はよろこび穴を掘る。木に登る。犬は庭をかけまわる。猫はこたつで丸くなる。

後日、再び知人に会った。穴の話を、また、した。

「ネアンデルタール人がね」知人は始めた。

「ネアンデルタール人の骨が発掘されたときに」

「骨?」

「骨。その、骨のまわりから、なんと、花粉が検出された」

花粉を分析すると、菊科のものだと判った。埋葬されたネアンデルタール人の遺体のまわりには、たくさんの菊が投げ入れられていたんだよ、すごいでしょ、と知人は語った。

「穴掘って、そのへんの、綺麗なものを入れて、埋める。ネアンデルタール人と同じだね、カワカミさんって」。そうしめくくって、知人は笑った。私も笑った。

ネアンデルタールの埋葬と私の穴掘りは、むろん同じものではない。同じではないが、ずっと長くたどっていくと、同じものに突き当たるようにも、思える。

数万年も前の、種類も異なる人類と、似たようなことを行って、気持ちを満たしていたのだ、私は。おかしいような、少し涙ぐみたくなるような。それで、ひさしぶりに、また穴を掘りたくなった。

見ぬもの清し

たくわんの一切れを箸から畳に取り落としてしまった後、何くわぬ顔で拾い上げて自分の口に持って行きながら、いつも母は「見ぬもの清し」とつぶやいた。たくわんが口の中に消えすっかり喉の奥に飲み込まれたころ、ふふふと笑った。「見たけど見なかったつもり」と言いながら、笑った。

落ちたものは落ちたものなのになかったことにするのはへんなんじゃないか、と少々杓子定規な子供だったわたしは思ったが、口には出さなかった。自分がたくわんを落としたときには、台所に行きじゃあじゃあ水を流し、落ちたたくわんを洗った。洗ってしまうとすっかり塩気が失せるのだが、そのまま食卓に戻って水のしたたるたくわんを口に入れた。「へんなところが几帳面なんだから」と母は言い、くすくす笑った。くすくす笑う母が少し疎ましくもありまた少し羨ましくもあった。

ときおり、世の中の人全員が自分のことを蔑み嫌っているのではないかと思い込む瞬間がある。謙遜やら自省やらといった余裕のあるものではない。ただただ「人に迷惑ばかりかけるだめでなさけない自分」となるのだ。中年になった今だって、そういう気分に襲われる。若いころはもっとしょっちゅうだった。あるとき「そういうとき、お母さんはどうしてる」と母に聞いてみたことがあった。「あたしはね、見ぬもの清しだから」と母は答えた。「え?」と聞き返すと、「人の思いの底をくよくよわずらったってしょうがないでしょ。自分の思いの底だってわからないんだから。できるだけきれいなところを見ることにしてるから、自己嫌悪にはならないの」と続けた。

それは誤魔化しなんじゃないか、と若いわたしはそのとき反発したのだったか。最近しばしば母の言葉を思い出して、ひやりとした心もちになる。冷徹で、あたたかでもあり、しかし怖い考え方である。見ぬものは清いのか清くないのか。まだまだわたしは思いわずらってしまう。たくわんは拾ってそのまま食べるようになったが。

3

読書ノート

好きな本は何かと考えはじめて、好きということがわからなくなった。隅から隅まで好きな人がいないのと同じように、隅から隅まで好きな本は、なかなか思いつかない。けれども隅から隅まで好きな人などというものも不自然なのである。好きなぶぶんと好きでないぶぶんとよくわからないぶぶんがうまくマーブル模様のように混じり合った人のことをますます好きになるということの方が、大いに可能性としてはありそうなことで、しかし本当はそんなふうに人のぶぶんを分類しながら好きになるなどということも、ないことのように思う。

色川武大の本で今まで読んだことのある本は、どれも好きだ。どれも好きなのだが、それぞれのどんなところが好きなのか、言えない。それどころか、それぞれがどんな話だったかさえも、すぐには思い出せない。

思い出せないのに好きという自分は、いったい何なのだろうといぶかしむが、そもそも記憶には「意味記憶」と呼ばれるものと「エピソード記憶」と呼ばれるものがあって、前者はある事象の持つ意味そのものを記憶する構造、後者は事象の周辺部を記憶しそれによって事象を浮きださせる構造、というふうに聞いたことがある。この分類に従うと、色川武大の話は、私の中ではエピソード記憶として記憶されているようなのである。話を読んだ時に感じた、揺すぶられるような穴に引き込まれるようなうずくまりたくなるような何かを撫でたくなるような、そんな感触だけが記憶されていて、その記憶をして「色川武大の小説が好きだ」と言わしめているようなのである。読み解く、というやり方ではなく、いわば、まるごと飲み込む、というやり方で私はまず色川武大の世界を記憶したようなのである。

ところで『引越貧乏』は、色川武大の最後の小説集である。読みはじめれば、それまで色川武大という作家のつくってきた世界が、同じようにゆるやかに広がる。ところが、それが「最後」のものであるという事実によって、この世界がどんな意味を持つのか、突然私は考えはじめてしまう。あえて意味をさぐろうと、読み解こうと、しなかったのに、最後であるということを知ったとたんに、ぐずぐずと私は意味記憶を持ちはじめようとしてしまうのである。

なんだかこれは、未練がましい。ひどく未練がましい。そうやって未練たらたらで私は『引越貧乏』を読み、さらにその前に書かれた小説集をつぎつぎにめくりはじめる。最後。これで最後。もうない。そのことによって、私は意味という沼に沈みはじめてしまう。

しかし、よいことに、色川武大の世界は、私ごときが読み解こうとしてかんたんに読み解けるような世界ではない。いくら意味という沼に沈みたくても、私は浮き人形のようにすぐにこの沼の表面にぽっかりと浮かびあがってしまうのである。

おそらくこの沼の底にたどり着くことは、永久にできないのだろう。たどり着けないいくらい深いからこそ、私はこの世界を好きになり、恋着したのだから。

この三冊

〈幻想譚〉
『怪しい来客簿』色川武大　文春文庫
『田紳有楽』藤枝静男　講談社文芸文庫
『ちくま日本文学全集　内田百閒』筑摩書房

洗濯をしたり、八百屋できゅうりを選んだり、郵便局で積立保険の支払いをしたりすることは、いいのだ。困るのは、わたしでないひとたちがわたしに向かって投げてくれる、いろいろな現実のことなのである。その現実は、わたしの現実とは異なった現実である。たいがいの時は、そのひとたちが投げてくれる現実を拾い集めてしげしげと眺め自分の現実と比べたりしてたのしむが、困るのは、疲れているときである。疲れていると、そのひとたちの現実はわたしの上にどんどん積み重なり、疲れているものだからどかすこともできなくて、わたしの現実は積み重なったものの下でへなへなおしつぶされることになる。

そういうときに読むのが、ここに挙げた本である。これらの本の中で作者たちの書く現実は、わたしの上に重なっている現実からはずいぶん遠いものである。わたしの上にある現実がこちらの岸のものだとすれば、これらの本の中にある現実はいわば彼岸のものである。『怪しい来客簿』の一篇「墓」の一行、「亡くなった叔父が、頻々と私のところを訪ねてくるようになった」、『田紳有楽』の一行、「さて現在の私は分不相応の恋を得て光ある世界の中にいる。相手は金魚のC子で」、『内田百閒』の一篇「件」の一行、「幸いこんな野原の真中にいて、辺りに誰も人間がいないから、まあ黙っていて、この儘死んで仕舞おうと思う途端に西風が吹いて」、これらの不可思議な言葉の並びを読みながら、彼岸の現実の語られる世界にしばし沈んでいると、こちら岸であろうが彼岸であろうが、現実とはある種のまやかしある種のイカモノなんではないか、という気分になってくる。そのまやかし性イカモノ性を笑いとばし同時にいつくしみながら彼岸の現実を描く、作者たちの度量の大きさに驚く。そしてまた度量の大きさのうしろにひかえる、かなしみの大きさに驚く。

そういう気分になったところで、自分のまわりの現実をみまわしてみると、あら不思議、あれほどわたしの上に積み重なっていた現実は、ひどくかろやかなものにかわり、その下のわたし自身の現実も、変幻自在なものにかわっているのである。

これをわたしは「回復」とよんでいる。

ゆるやかに効く薬

本棚に並べるのは、二回以上読んだことのある本である。一回読んでから、棚の下にいくつもあるダンボールの箱に入れ、二年くらい置いておく。その間にふたたび手に取ったものを、本棚に並べるという寸法である。九六年に本棚行きになった本は全部で二十冊くらいだったか。例年よりも少なかったかもしれない。それはたぶんいつもの年よりも新たに読んだ本の数が少なかったからだろう。

九六年は、すでに本棚に並んでいる本を再び手に取ることが多かった。手に取ったのは長い話が多かった。内容はいろいろで、『魔の山』『指輪物語』『アンナ・カレーニナ』『ガラスの仮面』『史記』『ゲーテとの対話』等々、とりとめのないことはなはだしい。

今読んでいる「長」ものは、ロレンス・ダレルの『アレキサンドリア四重奏』で、奥付を見ると、発行七〇年代後半となっている。二十年ほど前に読んだものを今読んでいるわけである。当然のことながら、以前に読んだときと印象がずいぶん違う。長くて濃厚な話だと思いこんでいたが、長くてたんたんとした話であると今は思ったりする。以前に読んだときは、めんどくさくなると文章を斜めに読んだり飛ばしたりしたものだったが、たんたんと読めるので、ゆっくりと全部の文字を味わったりする。そうやっていると、私も変化したなあしみじみ、という気分になる。気分にはなるが、ほんとうのところはどうだか、それはわからない。

「長」ものを読むときにどうやってその話を選んだのか。内容で選んだのではなかった。とにかく長いものを読みたいと思って、読んだのだ。頭からではなく体から、長く続く話を読みたいという要求が、あったように思う。「長」ものは、断続的に見る夢にも似ていて、それは一日じゅう本を読んでいられれば断続的でなく長くつづく夢の中にいるようになれるだろうが、そうもいかない。読んでは生活をおこない、また読んでは生活をおこなう、そんなことをしているうちに、劇的に効く薬でなくゆるやかに効く薬にからだを変えられたような感じになってくる。変えられたくて、長さを求めたのかもしれない。

そういうわけで、九七年もおそらく引き続き「長」ものを読みつづけるだろう。どんな「長」ものを読むかは、まだ知らない。本屋に行って、うろうろ歩いて、長そうなものを見つけて、買うのに違いない。そうやって買った「長」ものが、たいそうからだにあう本だったら、嬉しいことである。

九六年は、「長」ものを読んだということのほかに、俳句や短歌の本をいつもよりたくさん読んだということがあった。こちらも「長」ものと同様、来年も引き続き読むに違いないものである。九六年好きだったのは『飯島晴子句集　儚々』と『攝津幸彦句集　鹿々集』。

短歌や俳句の本は、余白が多い。一頁に少ないものは一つ、多くても五つくらいの句や歌が並ぶだけである。句や歌の印刷してある間にある余白を見るのが気持ちいい。余白の中に、いくつもの完了した、または完了しかけている、世界がある。小説では「余白を読む」「行間を読む」なんていうことが言われるが、そしてその「読む余白」は、句や短歌のまわりにある物理的な余白とは異なる性格のものだが、その意味の「余白」は、俳句や短歌においては、それほど読まない。「余白」でなく、そこにある言葉をそのまま読むのがいいのだと思う。言葉そのものが、ずいずいやって来る感じがある。それだからこそ、そういう、力を持つ言葉のまわりにある、物理的な余白を眺めるのが、楽しいのである。

しみこみやすい人

年の前半は短い小説を書いて過ごし、後半は少し長めの小説を書いて過ごした。

まんなかで芥川賞を受賞し、しばらくは常と違う生活になったが、その後元に戻った。元に戻って、今はぼんやりと過ごしている。ぼんやりする合間に、よしなしごとを考え、よしなしごとを考え終わると、またぼんやりする。よしなしごとを考えるのだって、ぼんやりと大差ないから、始終ぼんやりしているということになろうか。

常と違う生活をしていた期間には、多くの人に会った。おおかたの時間ぼんやりしていて、ときどき人に会うことは、今までもやってきた。そうやって人に会うと、たまのことで、たいそううれしくありがたい心もちになる。相手の言葉が砂地にしみこむようにからだにしみこんでくる。ところが今年は一時に多くの人に会ったので、しみこむ感じがなくなってしまった。いっぺんに多くしみこんでくるので、すぐに飽和してぽたぽた流れていってしまう。容量が少ないようなのだ。そうなると、からだがやたらにぼんやりを求めることになる。頭や気持ちは人に会うことをよろこびおもしろく思っているのに、からだは眠りに入ろうとするような感じになる。脆弱なつくりのからだである。情けない。

ただ、そのように眠ろう眠ろうとしているようなときでも、ときどきその眠りを起こしてくれるような人もいて、どんなに過飽和になっているときでも、その人の言葉やしぐさはどんどんしみこんでくる。初対面でありことさら特徴のある言葉しぐさをするようにも思えないのに、素早くしみこむ。それは私との相性なのか、それともその人の才能なのか、才能、対人関係というものに関する才能、とにかくそのように「しみこみやすい」人がこの世の中に僅かではあるが存在するという不思議な感じのことを知ったのが、たぶん今年の大きな収穫だったろう。

私のベスト2　一九九八

気がつくと「新しく出版された本」というものを進んで手に取らなくなっている。あまのじゃくなので、平積みにされた「新しい出版物」を手に取るのがいやなんである。以前はこんなに「新しい出版物」ばかりが平積みにはされていなかったんじゃないだろうか、もっと工夫なく「新しい」ものも「古くから」のものも並べてあったんじゃないか。などと考えるのは、本屋さんで働いているひとに対してはとても意地悪な言葉だが。わたしだって、自分が本屋さんだったら、「新しく出た」ものをいちばん目につくところに並べるんだろうから。

長くごたくを並べたが、そういうわけでこのごろは「新しい」本を読まない。いいと思った本はあるのだが、去年の十月から今年の九月発行、という区切りの中からはベスト3ではなくベスト2になってしまった。許されたい。今年いちばん熱心に読んだのは、日記である。断腸亭やら一葉やら蜉蝣やら更級やら、だらだらと多く読んだ。五日ぶんくらいの量を読むと、満腹した気分になる。それで、うとうと眠る。はっとして慌てて起き上がり、働きはじめるかと思えば働かずまた読みはじめる。というようなことのできる時間は至福の時間であるが、ほんとはそんなにだらだらとはできないようになってる、働かざる者クウベカラズ。

選んだのは、日記が多い。ウォーホルの日記とニコの伝記は、続けて読んだ。読んでいる間はちょっとその気になってしまい、出無精なのを返上していつもより夜遊びが多くなったりした。夜遊びったって、焼鳥屋で酒飲む、くらいなんだが。ニューヨークの人のようには、もちろん、いかない。いやいやニューヨークの人、ではなく、ウォーホル、ニコであるな。くらべること自体なんだか間違ってるが、やくざ映画を見たあとに肩で風切る歩き方になる、と似たようなものだ。種村季弘の本を読んでいる間は、散歩が多くなった。武田百合子を読んだあとには、今年は富士のふもとにある民宿に泊まりに行った（『富士日記』は読むたびに行うことが違う。去年はギターを弾いてみたし、おととしはトンカツをすぐさま揚げた）。

日記や日々のことを書いたものばっかり読んでいたのは、なんだったのか。「解釈」をしにくいものを読みたかったのかもしれない。「解釈」、日記でもむろんできるのだが、解釈しては無粋である。そこに甘えたかったのかもしれない。決して「ノンフィクション」として読んだのではなかったが、かといって「フィクション」というほどの押しつけがましさもない、そういうものを読みたかったのだろう。

〈文庫ベスト〉

『ウォーホル日記』上・下　P・ハケット編　文春文庫
『富士日記』上・中・下　武田百合子　中公文庫

〈新刊本ベスト〉
『NICO　ニコ――伝説の歌姫』リチャード・ウィッツ　河出書房新社
『徘徊老人の夏』種村季弘　筑摩書房

バラード、だいすき

『SFマガジン』がバラードの特集だというので、この正月は家にあるバラードの本を全部読み返してみた。家にあるといったって、そんなにはない。文庫本が数冊に大きめの本が三冊である。

読み返して、ぞくぞくした。

二十年前にバラードがだいすきだった。十年前もだいすきだった。そして、今もだいすきである。今もだいすきだということが、よくわかった。だいすきだということを少し忘れていたが、すっかり思い出してしまった。

思い出して、ものおもいにふけって、バラードの小説に恋していたようでもありうかされていたようでもある二十年前のことを考えて、恋していたうかされていたというと、たとえばそれは「スクリーン・ゲーム」やら「ラグーン・ウエスト」といった固有名詞をうっとりと口の中で発音してはヴァーミリオン・サンズに集うゆるりとしたたたずまいのひとびとの一人一人に思いを馳せそこにある空気を身のまわりによみがえらせようとこころみることであったり、「残虐行為展覧会」における「石油化学工場が噴き上げる青白い炎が濡れた敷石を照らし出す。ここでは誰に会うこともない」といった唐突な一節を暗唱したり、ということであったりした。それはむろん恋といっても片恋でありただの思い込みである。そのような片恋または思い込みが可能だった二十年前のことを考えるにつけ、バラードという作家に対する、人の、のめりこみやすさをおもう。

のめりこみやすいということは、いったいバラードのどのような特徴に因るものなのか。むろんバラードにのめりこんだのはすべての人ではなくおまえだけだったよと言われればそれまでではある、その、おまえだけ、に限って考えてみれば、のめりこみを許す特徴はバラードの小説の「匂い」だったように思う。

バラードといえば、終末観をたたえた無機的で硬質な世界、匂いからはもっとも遠いところにあるようでもあるのだが、しかし硬質なその世界の奥には、まぎれもないある種の匂いとはだざわりがあるように、わたしには感じられる。

それはたとえば、「あらしの鳥、あらしの夢」の中にある沼地の死んだ鳥たちのはなつかすかな匂いであり、「結晶世界」の結晶化しつつある人間のくらく曖昧な匂いであり、「監視塔」の動かざる監視人たちの周囲にあるだろうちりちりするような不吉な匂いであり、「ハイ－ライズ」の廊下やエレベーターやダストシュートにたちこめる温気とも冷気ともつかないものの混じりあった匂いである。

それらの、強くはないがひそやかに鼻孔にしのびこむような匂いにひかれて、わたしはバラードの世界に深入りしていったように思う。

小説における匂い、これはある種の人間にとって、その小説に対する好悪を決める大きな要因になるものにちがいない。

今回いくつかのバラード作品を読み返してみて、いちばんすきな匂いのある小説は「溺れた巨人」だった。それはなぜか、と聞かれれば、なんとなく好きなのよ、と答えるしかない。いっぱんに、なぜその匂いがすきなのですかと聞かれて、その匂いのこの成分がすきなのです、などと答えられる人間はおるまい。

ところで少々余談になるのだが、「溺れた巨人」の、巨人の死体が海岸に流れ着きその死体をめぐってさまざまなことが起こるというつくりは、その構造においてはガルシア・マルケス「この世でいちばん美しい水死体」と非常に似ている（書かれたのは、おそらく「溺れた巨人」の方が数年前）。共に、大きな人間の死体が海岸に流れ着き、ひとびとがその死体について思いをめぐらす話だ。どちらの死体も、その大きさとうつくしさゆえに、すでに死んでいるにもかかわらず「絶対的意味での存在」を保つものである。ところが、バラードの小説における死体は、無残に解体されたのち、肥料にされ金満家の庭の飾りになり見世物小屋の目玉商品になり、ひとびとの記憶からは無理にぬぐい去られてゆく。いっぽうのマルケスの小説における死体は、死体に魅入られた女や男たちによって着飾らされ大切に海に返され、その死体の記憶はひとびとによって永遠にいだきつづけられるだろうことが示唆される。

バラードの小説にたつ匂いは、まぎれもない死の匂いであり、ほろびの匂いである。いっぽうのマルケスの小説における匂いは、生の匂いであり再生に向かう匂いである。ただし、バラードにおける匂いとマルケスにおける匂いが、二項対立的な、道のこちらとあちらにあるへだたった匂いかというと、そうではないところが、興味深い。

生は死につながり、死はふたたび生へと循環する。バラードの死も、マルケスの生も、最終的にはどちらも無常ということに還元されうるものであろう。すると、この両者の似たつくりの小説における異なった匂いは、匂いとしては異なっているのに、鼻孔に流れ込んでくるときにはあたかも同じものであるように感じられる、ということにもなろう。

同じ匂いの粒子でも、その濃度によって芳香にも悪臭にも感じられる、それと同じく、異なる匂いの粒子でも、その濃度や調合によって同じような印象の匂いになる。ひどくおざっぱであるが、そのようなことを、二つの似たようでもあり対照的なようでもある小説を読んで、思うのである。

バラードだいすきというのと同じくらいマルケスだいすきなので、つい牽強付会なことを書いてしまった。小説の匂いということについて結論めいたことを言うならば、どの程度ここちよくほどよい匂いをたたせることができるか、それはその小説家の持つ技術と筆力にかかっているのではないだろうか、と愚考する。

結局、その昔わたしをして恋するようにうかされるようにその小説を読みふけらせたのは、小説家バラードのたくみな筆致の力によるものだった、というあたりまえの結論をもって、バラード三昧の正月は終わることになる。

バラード、だいすきです。ほんとに。

おいしい小説

「パプリカ」は、『マリ・クレール』連載中に読んだ。単行本になってからも読んだ。今回この解説を書くにあたってても読んだ。何回でも読んでいるわけである。どのときも途中まではゆっくり読んだのであるが、最初の「ゆっくり」が終わると、どんどん早く読むようになってしまう。今回だって、解説書くのだからメモ取りながらじっくり構造やら人物造形やら考えながら読むんだと決心して読んだのに、途中からただただ読んでしまった。ひゃあ面白い、と言いながら、読みふけってしまった。よく噛んでごはん食べるんですよ、と何回注意されても、ばりばり飯をかきこんでしまうこどもみたいなものである。それで、仕方なく今度こそじっくりと、と決心してもう一度読もうとするのだが、何回読んでも途中からばりばりかきこんでしまう。よほどこちらにこらえ性がないのか、それともばりばり性が強い話なのか。どちらでもあるのだと思う。

ばりばり性が強い、というのは、言い換えれば良質のエンターテイメント性が高いということになろう。

言うまでもなく筒井康隆は小説の方法論にかんしてもっとも意識的な作家の一人である。

であるから、「パプリカ」という小説は、さまざまに読み解かれる可能性を持ちながら、かつエンターテイメント性が高いという、稀有な小説なのである。いったいどんな構造を持っている「パプリカ」には、いったいどんな仕掛けがしてあるのか。いるのか。

実はそういうことを論じるにはわたしはまったくの力不足なのであるが、昔の中国の故事「群盲、象を撫ず」、すなわち、象を知らない盲人数名が象をさわってみたら、ひとりは「桶のようだ」もうひとりは「帚のようだ」もうひとりが「杖のようだ」最後のひとりが「太鼓のようだ」と言った、という故事にのっとってみようと思う。無謀なことではあるが、全体像を知らぬまま筒井康隆作品「パプリカ」を撫で、その結果得た印象を、いくつか書きつらねてみようと思う。

印象その一。わたしは「パプリカ」を、よくできた恋愛小説として読んだ。パプリカという名の千葉敦子をめぐる恋愛のいくつか。能瀬との恋愛。粉川との恋愛。時田との恋愛。小山内との恋愛。そして、小山内と乾の恋愛。

パプリカの恋愛は、たいそう直截な恋愛ではある。あのひとがすき。あのひともわたしがすき。あのひととセックスしてみたい。あのひととセックスするのはなかなかいいものだ。そういう、かけひきなしの直截な恋愛である。男たちから慕われることのうれしさを満喫する恋愛。男たちを理解してやり助けてやることのうれしさから成る恋愛。それは、大人の恋愛である。直截になることができるのは、成熟した者だけである。そのような成熟、そこにおける、妙な回り道のない直截さが、読者をためらいなく「パプリカ」の中の恋愛に没入させる。

その二。わたしは「パプリカ」を、よくできた典型たちの物語として読んだ。パプリカに体現される主人公千葉敦子の魅力。千葉敦子のかしこさ。千葉敦子の美貌。時田浩作の母性本能刺激性。能瀬や粉川の恰好のよさ、懐の深さ。乾精次郎の悪代官めいた洒脱さと偽悪性。柿本信枝の固執性。陣内や玖珂の神性。小山内の俗性。きれいに造形されたそれら典型たちの、軌跡ただしい物語内の行動によって、これまた読者は「パプリカ」に没入させられる。

その三。わたしは「パプリカ」を、あざやかで大胆な筋はこびの物語として読んだ。DCミニをめぐる冒険。戦い。陰謀。裏切り。野望。失意。高揚。勝利。混沌。どんでん返し。あれよあれよという間に、読者はこの物語の筋はこびに乗り、本を置くことあたわざる状態になる。ページをめくりつづけ先を読まねばならぬ状態になる。いっしゅんも淀むことなく流れる物語は、最後の最後までゆるむことなく、いやむしろ流れの速度を刻一刻と早めながら、大団円まで進む。一気呵成、という言葉を思いながら、読者は「パプリカ」に没入することであろう。

その四。わたしは「パプリカ」を、あらゆる面で「過剰」な小説として読んだ。パプリカをめぐる恋愛は、うつくしい恋愛である。しかし、そのうつくしさは、ほんの少しまたはかなり過剰なのではないのか?

たとえばDCミニにより深く夢の中に捕らえられた千葉敦子を覚醒させるために彼女の夢の中に潜入した能瀬と粉川が、罪悪感による覚醒を起こすために夢の中で千葉敦子と性交しようとするときのことについて書かれた一文、「パプリカが叫んだ。『駄目よ。お願い。わたしをここで犯して頂戴』いいえ。犯すという言葉に罪悪を感じるのなら、そうでなくてもいいわ。ここでわたしと愛しあって頂戴。能瀬さん。わたしあなたを愛してるのよ。粉川さんを愛するよりもずっと前から」。

千葉敦子が能瀬を、粉川を、そして時田を愛するにいたった経過は、ごく自然に小説内において説明される。そして、それらひとつひとつの愛は、ごくまっとうなものである。どの愛も「よき」愛である。しかし、通常の恋愛とことなり、千葉敦子はこれらの愛をすべて並行して持っているのである。ひとつひとつの恋愛は、展開されることがない。展開されず、ただ千葉敦子の深奥でひそかに熟成し、そしてDCミニのみちびく夢の内部で一気に開花する。

ふつうならば「悪しきもの」とされる複数恋愛が、ここではやすやすと行われるのである。そして、読者はそれを不自然と感じることがない。いやむしろ、千葉敦子と共に複数の「よき」恋愛を堪能するのである。

作者筒井康隆は、通常の「恋愛らしい恋愛」を過剰にすることで、その「らしさ」を笑いのめす。ここにおいて、読者は、その「らしさ」を堪能しながら、かつ「らしさ」のばかばかしさをも感じるという、複雑な気分を味わうことになるのだ。

人物たちの「典型」度も、同様に少しまたはかなり過剰である。千葉敦子は、あまりにもうつくしすぎないだろうか？　時田浩作はあまりにもあるタイプの科学者らしすぎないだろうか？　乾精次郎はあまりにも邪悪なのではないだろうか？　そのような感じをいっしゅんでも読者が持とうとした刹那に、筒井康隆はひらりとその「典型」の仕掛けを読者に見せつける。それはたとえばこのような一文によってあらわされるのである。

「誇りの高い男だから、（中略）怒り狂うようなことはあるまいし、あれだけ自我が強固であれば、まず落ちこむこともあるまい」

読みながせば、一見どうということのない文章である。しかし、実はこの文章はすぐれた物語作家である筒井康隆の通常の物語の作り方——説明せず、描写する——に大いに反するものなのではないだろうか？　「誇り高いから怒らない。自我が強いから落ち込まない」。この一文は、作者が小説を書くための「覚え書き」として書かれることはあっても、物語内には登場しないはずの一文なのではなかったか？

通常ならば、この一文をあらわすために、筒井康隆はやすやすと原稿用紙十枚でも二十枚でも使って豊かな描写を繰り広げるに違いないのである。ところが、ここで筒井康隆は、ふと、というようにぽんとこの説明的な文章を読者に向けて放ってくるのである。それはなぜか？　それは、ようするに、小説内にあらわれる「典型」たちの典型性は、登場人物たちを「典型」として読みなすためだけの典型性なのではなく、典型度を過剰にしたところにあらわれる「おかしみ」や「ずれ」を感じさせるためのものである、という巧妙な仕掛けを読者にちらりと見せるためのものなのであるに違いない。

ただし、その仕掛けは、ごくちらりとしか見せられることはない。ぼんやりしていると、読者は典型たちを典型としてだけ読み取り、その典型がたいそう綺麗に作られているだけに、うっとりと物語にそって運ばれていくのみということになる。

仕掛けを感じることなく読むこともできれば、仕掛けに気がついて読むこともできるということ。まるでこれはエッシャーの絵のようではないか。まことに見事なことである。

さても部分部分を撫でて得た印象はこのようなものであった。なにしろ部分だけであるから、全体のことは皆目わからない。部分だけでこれだけのことがあるのだから、全体やおしてはかるべし、である。

その全体をどう読んでいくかは、読者おのおのに任されるところであろう。任され、ばりばり食べるもよし、長く口の中でしゃぶるもよし、ていねいにちぎって箸に取ったところでためつすがめつするのもよし。

どんな食べ方をしても、たいそうおいしい小説であるということは、はっきりと保証しておこう。存分にそのおいしさを、味わっていただきたいものである。

読書日録

友人と同じで、本にもしょっちゅう会うものとたまにしか会わないものがある。しょっちゅう会うのもたまに会うのも、どちらも知り合いかたの立派なかたちであろう。

『富士日記』武田百合子著、という知り合いとは、しょっちゅう会う。

元気出ないなあと思うときが人生にはままあって、そういうときはたいがい自分で勝手に「元気出ない回路」というところに入りこんでいる。この回路には、「自分きらい」やら「人きらい」やら「もの考えない」やら「もの考えすぎ」やらの路があちこちにあって、入りこむとなかなか出られない。出るためには、好きな友人と会う、酒なんか飲む、よもやま話なんかする、そんなのがいい。

けれど、好きな友人はあんまり多くはいなくて（偏屈なのだろうか）、いても遠くに離れていたり忙しかったりする。だから、「元気出ない回路」から出るために、好きな友人と会うかわりに、好きな友人と同じくらい好きな本を読む、読みながら酒飲んで、本相手に「ほうほう、そうそう」なんて言う、という方法を選ぶことになる。

さみしいことだろうか、これは。そんなことはないと思う。自慢するようなことでもないが、卑下するようなことでもあるまい。友人と同じくらい好きなものが本でなくとも、切手だったり映画だったり音楽だったり骨董だったりウルトラマンの人形だったりボランティア活動だったりスポーツだったりする人もいて、わたしの場合は本なのだろう。『富士日記』はたいそう「ふんふん、そうそう、あらまあ、それそれ、しみじみ」する本で、元気出ない回路にはまってしまったときには、特にありがたい本である。夜中じゅう『富士日記』を読んで、それからきのうあったへんなことやおといあった困ったことを思い出すと、それがたいしたことではなく思える。

『富士日記』は、富士の山荘における十二年間の生活を記した日記である。その日に見たもの、その日に会った人の言ったこと、その日の食事、なんかが、たんたんと書かれてある。起こったいろいろなできごとは、埴谷雄高によれば「一種独特な全的肯定者」である武田百合子の目を通して書かれているわけであり、それはたとえばこんなふうだ。

「夜　ごはん、まな鰹粕漬、煮豆、いんげんバター炒め、味噌汁、高野豆腐煮たの（高野豆腐煮たのは私だけ。主人はキライ。無意味だという。キライだと、そういうのだ）。」「柏戸、玉の島に負ける。負けたって平気だ。私は相撲が嫌いだから。」「ポコは、あの灌木の下の闇に、顔を家の方へ向けて横たわって埋まっている。ポコ、早く土の中で腐っておしまい。」

こういうのが、十二年ぶんである。特別に面白がったり特別に悲しがったりするのでない、武田百合子は、どんなこともあるように感じて、あるように書く。

自分の中にある、へんな、思い込みみたいなものにからめとられなくてもいいんだよ、と武田百合子は言っているように思える。起こったことは起こったことなんだから、それを感じるとおりに感じていればいいんだよ、と言っているように思える。そして、生活していくときには、感じていることだけが起こっているんじゃないのよ、とも武田百合子は言うのだ。感じてないことで見忘れていることが、いくらでも起こっているのよ。いろんなことが積み重なって世界はできているんだから、考えすぎないことです。

自分のくよくよは、まあそれだけのことなんだなあ。特別大きくもないし、特別小さすぎもしない。そういう気分のあるところに、『富士日記』という本は、わたしを連れていってくれる。そうやって、「元気出ない回路」から、わたしは抜け出すことができる、という寸法である。

『富士日記』のことを書きながら思っていたのだが、食べ物についての文章にはいいものが多いと思う。食べ物の名前をあげただけのものがわたしは特に好きだ。食品または料理の名前だけで、さまざまな連想を呼び起す。

食べ物の名前を書き記したもの、といってすぐに思い出すのは、正岡子規『仰臥漫録』だ。「朝　ぬく飯三わん　佃煮　なら漬　胡桃飴煮　牛乳五合ココア入　小菓数個　午

堅魚のさしみ　みそ汁　粥三わん　なら漬　佃煮　梨一つ　葡萄四房　間食　牛乳五合コ
コア入　ココア湯　菓子パン小十数個　塩せんべい一、二枚　夕　焼鰯四尾　粥三わん
ふじ豆　佃煮　なら漬　飴二切」重い病を得ながらの、執念ともいえる食欲にてたいらげ
られる食物のかずかず、読んでいて胸がつかえるようである。それでいて、読みながら私
は「おいしそうだ」などと思ってしまうのである。自分の、食べるということに対するい
やしさを思う。思いながらも「おいしそう」と何回でも考える。
ちかごろの山田風太郎の『あと千回の晩飯』にも、病を得て後の食べ物の名前の列挙が
ある。
『仰臥漫録』にしろ『あと千回の晩飯』にしろ、並べられる食べ物の間から立ちのぼるの
は、死という現象から人はのがれられない、という事実である。その事実が、諦念とも悲
しみとも悟りとも足掻きとも違う、もっと即物的な感じで迫ってくる。余分な感情を排除
し、死という対象と正面から向かいあう厳しい眼があってこそ、これらの文章に出てくる
食べ物は、どうしようもなく「おいしさ」を感じさせるのだろう。食べ物にかんする蘊蓄
や料理自慢などからはもっとも遠いところに、この「おいしさ」はある。それゆえにわた
しは、自分の「食べ物に対するいやしさ」をあえて感じながらも、「ああ、おいしそう
だこと」とこれらの書に感じ入るのだ。

わが青春のヒロイン一九七四年

一九七四年の私は十六歳で、姿勢が悪かった。「えっ」というのが口ぐせで、聞かれるまで自分の意見というものを言えなかった。読書が好きだったが、級友の読んでいる『第二の性』や『眼と精神』をこっそり読んでみてもぜんぜんぴんと来ないので、読書好きは標榜できなかった。春になると、花の咲く道を一人ふらふら歩いては「うれしいようきれいだよう」と思ったが、そのときの気持ちの高鳴りを語る相手はいなかった。

『第二の性』になじまずに、何になじんでいたかというと、『アーサー・ランサム全集』やら『ノンちゃん雲に乗る』やら『ナルニア国物語』やらだった。他の本だって読んだが、繰り返し読んでいたのはそういう「児童文学」と言われるものだった。今になってみれば、それらの本がいかに諧謔《かいぎゃく》、皮肉、思索に満ちているかがわかるが、そのころは知らなかった。自分はとてつもなく幼いんじゃないかとびくびくしながら（実際に幼くもあったのだが）、ひそかに読みふけった。

トーベ・ヤンソンの「ムーミン」（テレビアニメーションではない。あちらはあちらでよき話ではあるが、トーベ・ヤンソンの小説とは異なったものである。念のため）も、「読みふけった」ものの一つである。この物語の中の、さまざまな人物造形に、私はひかれた。フィンランドのきびしくうつくしい風土の中で、お互いの自由をおかすことなく個性的に生きる人物たち。

どの人物もそれぞれに魅力的だった。ただし内心では、ムーミンママのように「おだやかに待っている」女性像には不満があったし、ムーミントロールのように「欠点のあることも含めて円満」な子供に対しては劣等感を持った。スナフキンのような「人を避けてマイペースをつらぬく」人物は物足りなかったし、ムーミンパパの現実逃避は少々癇にさわった。私にとってうつくしかったのは、「ちびのミイ」なのであった。

ミイはたとえば、感情を自分で殺してしまったために姿の見えなくなった「ニンニ」という女の子に対して「たたかうってことをおぼえないうちは、あんたには自分の顔はもてません」と怒鳴る。冬眠中にふと目覚めてしまい、よそよそしい冬の世界におびえるムーミントロールに向かって「ムーミントロール、あんたはまったく、あいかわらずね」ときめつけ、新しくおぼえた橇遊びを平然と続ける。

おおよその質問に対して「えっ」としか答えられなかった当時の私（今だって似たようなもんだが）にとって、ミイの姿は一種の理想だったことだろう。人との距離を離れすぎもせず近すぎもしない所にきっちりと決めるミイ。哀しむことではなく怒ることによって気力をたくわえるミイ。

一九七〇年代の高校生は三無主義の世代と言われていた。無気力、無関心、無責任。加えて無感動で四無主義とも。世代論はいつでも、いくばくかの真実といくばくかの不正確さをあわせ持っている。人間関係に対しては無感動だったが、咲き満ちる花には感動した。主体性に対しては無関心だったが、進化の不思議には関心を持った。覚めたような目で世界を見ようとしていた高校時代、背をぴんと伸ばし一人でいることの楽しみを知りぬいていたミイは、ちびでとっつきにくくて華やかさに欠けていたが、たしかに私のヒロインであった。

私の一冊　夏目漱石『文鳥』

一冊の本を、と考えて、十ほどの本が浮かんでは消えした。今まで読んだいかほどかの中からのたったの十であるから、浮かんだとたんにまた読みたくなる。それで、いちいち本棚から出しては、読んだ。

漱石のものは三冊ほどすぐに浮かんだが、中で一つと言われるなら『夢十夜』かと思っていた。いかにも自分の好みそうな一冊である。読み返し、今も好んでいることを確認したが、同じ本に載っている「文鳥」をついでのように読みかけて、これはまたなんていいものなのかと驚いた。

「三重吉が来て、鳥を御飼いなさいという」と始まる。（鈴木）三重吉が漱石へと抱えてきた文鳥は「白い首をちょっと傾けながらこの黒い眼を移して始めて自分の顔を見た。そうしてちちと鳴いた」。

文鳥を、漱石は「淡雪の精のよう」と思ったりする。文鳥を見ながら、「昔知っていた美しい女」を思ったりもする。「女は襟の長い、脊のすらりとした、ちょっと首を曲げて外を見る癖があった」。

『文鳥』の書かれたのは漱石が矢継ぎ早に小説を発表していたころである。『坑夫』と

『三四郎』の間に、おそらく位置する作品だろう。漱石の作品に通底する強迫観念とそこを越えたところにある苦みを含むあかるさは、『文鳥』の底にも流れているが、『文鳥』においては、強迫的なものは薄く遠くあり、かわりにあかるさの底にある哀しみが作品全体をおおっている。漱石の持つ滋味が『文鳥』には凝縮されているように思われる。短さもあろうが、文章の力が大きい。今さら漱石の文章がいい、などと言うのもなんであるが、やはり、とても、いい。何回読んでも、いい。

三重吉の抱えてきた文鳥は最後に死ぬ。「その鳥をそっちへ持って行けと下女にいった。下女は、どこへ持って参りますかと聞き返した。どこへでも勝手に持って行けと怒鳴りつけた」。漱石の屈折した心持ちやいかばかりなるか。

『文鳥』の文章の中には、世界がある。その世界は、文章の間を縫うようにして、どこまでも奥深く、続いているのである。

生肉のこと

小さな頃に読んだ絵本でいちばん記憶に残っているのは、鷲にさらわれたお姫様の話である。題は覚えていない。

鷲にさらわれ、高い塔にお姫様は幽閉される。さらった鷲はお姫様に会いに来るでもなく、塔のまわりを飛ぶばかりである。下りられぬ高い塔に、ただ、お姫様は居る。いちに ち、座している。日に一回鷲が空から落としてくれる生肉を食べることだけがお姫様のできることのすべてだ。最初いやがっていた生肉を、お姫様は次第に待ちかねるようになる。なんておいしいものなのでしょうこの生肉は。次第にお姫様はそう思うようになるのである。

お姫様がその後塔から逃れられたかどうかは記憶にない。ただ、鷲の落とす生肉というものがやたらにおいしそうに感じられたのを、今でもありありと思い出すことができる。そのような感触についてはひとことも書かれていなかったのだが、読んでいるわたしは、お姫様が生肉を食べるときの音と生肉のほの甘く血の匂いのする味を、たしかにうっとりと思い浮かべることができた。

今考えてみれば、幼稚園の子供だったわたしの「生肉」にかんする感覚は、ある種性的な感触を含んでいたように思われる。あの生肉は、たいそう悦楽的な生肉だった。

最近母とその絵本の話をする機会があって、驚いた。子供に与える絵本としては、雰囲気が淫靡にすぎると思いながら、どうしても母はその絵本を買わずにはいられなかったのだそうだ。母が幼いころに同じ本を読み、やはり「生肉」というものに強いここちよさをおぼえた、それが忘れられなく、つい自分の娘にも同じものを与えてしまったのだという。

あの「生肉」は、やっぱり子供の性欲みたいなものをかきたてる装置だったんですかねえ、と母に聞くと、そうだわよねえたぶん、考えないようにしてたけど、などと母は答えたのだった。

長じて、自分に子供が生まれたときに、母と同じように「ある種淫靡な匂い」を隠しもった本を子供に与えるようになるかと自分では思っていたのだが、あんがいそうではなかった。どちらかといえば、なるべく「匂い」のある本を避けてきたようにも思う。

今この文章を書くにおいてつらつら考えてみたのだが、もしかするとそれは二人いる子供が共に男の子だということと関係するのかもしれない。

「男の子だから」という言葉を絶対に使うまいとして子供を育てた。たぶん子供を生んでから今までの十年間、一回も使っていないだろう。同じ年の女の子について「女の子だから」という言葉も、一回も使っていないと思う。しかし、そこにはなかなか微妙な側面もあるのである。社会的に規定される性差の意識をできるだけ与えまいとするあまり、性的なことを無意識に避ける、という機構が自分の中にあるのかもしれない、ということに、わたしは今あらためて気がついたところである。「無性的な・乾いた・笑いを中心とする」内容のものをしらずしらずと選択していた、というこの事実。

性差を過剰に恐れるあまり、性的なものを避けたのかもしれない。自分の中に実はあるのかもしれない、「男性へのしおらしさをあらわしたい心」が、男性である子供に対して「性的なものに関心を持つわたし」をあらわにすることを、避けさせたのかもしれない。

ちなみに、子供にいちばんたびたび読んで聞かせた本は、レオ・レオニの『あおくんときいろちゃん』である。よく考えてみれば、この本こそ「匂いのない」本の代表のように思われる。あおくんときいろちゃんの性別は、不明。おかあさんもおとうさんも女性性男性性を付与されていない。登場する人物は、すべて「色」であらわされる抽象的なかたちをしている。「淫靡」の対極にある本だろう。

こりゃあ、なかなかおもしろいことである。分析的に考えてみれば、つるつるとたくさんのことが出てきそうにも思う。

子供に親が本を与えることのできる時期は、たぶん小学校を卒業するあたりまでが限度だろう。それまでに、はたしてわたしが「淫靡な匂い」の強い、陰影に富んだものを子供に与えるかどうか。それとも今の路線を続行して「無色」のものを与えつづけるかどうか。なかなか興味深いところである。この文章を書くまでは、自分の中にある「傾向」に気がついていなかったが、もう意識してしまったのだし。さてさて。

長男は今小学校四年、次男は一年である。四年の方はすでに独自の読書傾向があらわれているので、今から「洗脳」するのは難しいかもしれないが、下の方はもしかすると「淫靡な匂いのある」ものによっていくらか人生をちょっとばかりねじ曲げてやれるかもしれない。

生肉を与えるべきか与えざるべきか。

なかなか悩ましくたのしい問題ではある。

まじないとしての少女マンガ

人並みに読みはしたが、それほど多く少女マンガを読んだというわけでもない。ただ、この年になっても若い頃と同じくらいの量を読みつづけているように思う。新しいものを読むこともあるが、古くから家にあるものを読むことが多い。何回でも繰り返し、ということになろうか。その場合は、筋を追ったり絵を楽しんだり、というよりも、まじないのように、読み返すということになる。

どんなまじないに、少女マンガは効くのか。

たとえば、ままならぬ恋愛をしているときである。ままならぬといっても、来るはずのない電話がなかなか来ない、どのくらい相手が自分に気持ちをさいているのか測れない、相手は相手の意向を持っているものでありそれが自分の意向に沿ってくれることは実はほとんどあり得ないことを思い知る瞬間を何回も経験してしまう。その程度の、恋愛においてはごくあたりまえのままならなさである。しかしそのままならなさが恋愛においてはなかなかつらいものであり、それがゆえに「恋愛」というほど深げな響きを持つ関係として括られるのだろう。そのようにつらいならば、大島弓子を読むのがいい。

大島弓子の話は、一人でいたって、死んだりしないひからびたりしないかゆかゆになったりしない咳こんだりしないぱったり倒れたりしない、と、いつもひそひそ囁いてくれているんだと思う。だから、電話を待って、風呂に入るときもおしっこするときもつい電話の受信機を連れていってしまうような「ままならぬ」感をおさえてくれる。少なくとも三時間はおさえてくれる。それほど打ち込んでいない恋愛なら、三日間くらいおさえてくれるかもしれない。至上の恋愛だったら三分間くらいかもしれないが（真実の至上の恋愛ならば、電話ごときでかりかりしたりしないのかもしれないけれど）。

またたとえば、仕事がうまく行かないときである。仕事がうまく行かないのは、自分のせいである。人のせいと思えるときは酒でも飲んでくだまいて山ほど悪口言えばずいぶんと気分は晴れるけれど、自分のせいとわかっているときには、布団に入ってしばらくううと呻いて、世をはかなんで、それでもやっぱり自分のせいなので、困っていることしかできない。そのように困ったならば、『ガラスの仮面』を読むのがいい。

おおかたの人は北島マヤには感情移入できなくて、それならば姫川亜弓に感情移入できるかというと、そちらもむろんできなくて、ましてや速水真澄や月影先生にできるわけはなくて、それは自己嫌悪のときにはたいそうありがたいことなのである。つまりは登場人物の誰にも感情移入できないまま『ガラスの仮面』の物語は進み、しかし物語というものは人を「治す」ものなので、読み進むうちに自己嫌悪の気分は薄紙を剝ぐように取れていき、おまけにあの長さであるから、薄紙も積もれば山となる、たいがいの自己嫌悪はうまく消えて無くなってくれるという寸法である。嘘のような話だが、そうやって私は勤めているときに「仕事スランプ」を治したことが二回ほどあった。ただし、全巻読むのにまる一日はかかるから、そのためにいちいち「ずる休み」をしたことを、ここに告白しておきましょう。ごめんなさい。

そしてまたたとえば世界の中の自分が不安定になってしまったときである。仕事が原因でもなく恋愛や人間関係が原因でもない、たぶん体の奥あたりにある「不安定さ」が体の表面に出てきてしまい、この世界から離れてふらふらどこかに行ってしまいそうになるならば、岡崎京子を読むのがいい。岡崎京子の中でもとりわけ、穴みたいなものに入りこんでしまっているすさんだ登場人物の出てくる話を読むのがいい。

限りなく暴力的で後ろ向きで何も考えてなくてそのくせ何もかも感じてしまう、そういう登場人物にはほんの少しだけ感情移入できるから、ほんの少しだけしてみて、でもそのあまりの暴力性後ろ向き性無考え性繊細性にはぜんぜんついてゆけなくて、この世のどんな人間だって、岡崎京子の話の中の人間のようには完全に世界に背を向けられないだろうから、いっそのことそれは爽快なのである。何も強制されないことの怖さ自由の怖さが完全に近く書かれてあるから、自分の感じている怖さがとても軽々しく思える、それがとても安らかなことなのである。

ところで、挙げたどのものも、まじないなのである。ずいぶん効くが、まじないだから、悪いものを完治させることはない。長くも効かない。でもまじないだから何回でもすぐに唱えることができる。完治させて長く効くものも余所にいくつかあるが、それらが最良のものだとは限らない。なぜなら完治させるし長く効くものには副作用もあるのだから。まじないには、副作用は、ほとんどない。それは実にたいしたことだと思う。

未熟さを選ぶ者たち

自身の人生のやり方について人はどのくらい自分で裁量できるものだろうか。よほど強い意志と恵まれた運がなければ、自分の思うように人生を運んでいくことは難しいのではないだろうか。人生のどの時期かには、世界全部が自分のもので、それをどのように使っても誰はばかることのない、ということがあったようにも思うが、ほんとうにそうだったかどうか。

トーベ・ヤンソンの世界には、自分の人生を自分で裁量しようとする意志の強い者が多く出てくる。いつか自分にもあった、あの、「今日の私は私である。明日の私は私である」「今日のあなたはあなたである。明日のあなたもあなたである」という感じ、それを、トーベ・ヤンソンの物語の登場人物たちは、いつも持っているように思えるのだ。

ともかく、どの登場人物も、頑固である。だれもが自分のやり方や見方を強く持っている。強すぎるといってもいいくらいだ。あるときには未熟さにも思えてしまうほどに。こうして文章を書きながら、「強く私を持とう」としている登場人物を思い浮かべるだけで、何十という者たちが浮かんでくる。

たとえば、『ムーミン谷の冬』に登場する八匹のとんがりねずみたち。夏はムーミントロールたちが水あび小屋として使っている場所に、冬になるとひっそりと住みつく、はずかしがりやの者たちだ。その者たちは「はずかしがりや」でありすぎるために、「とうとうじぶんを見えなく」してしまったのである。

そしてまたたとえば、とんがりねずみのことを知りたがるムーミントロールに向かって、「なにもかもききだそうとするもんじゃなくてよ。あの子たちのほうでは、ひみつをまもりたいのかもしれないものね」と言うおしゃまさん。この「私を保とうとする者」への、おしゃまさんの理解。注目すべきは、「なにもかもききだそうとするもんじゃなくてよ」という言葉ではなく、「ひみつをまもりたいかもしれないものね」の「かも」である。「まもりたい」ではなく「まもりたいかもしれない」。この距離感がたまらなくトーベ・ヤンソン的なのである。

またたとえば『ムーミン谷の十一月』に登場する「自分がいやになったフィリフヨンカ」。「掃除と料理好き」という「私」を強く持っていたはずのフィリフヨンカが、いくつかのできごとのために自信をなくし「私」を一時なくしてしまいそうになるのだ。しかし新たなる「好きなもの」の発見と人とのふれあいによって、再びフィリフヨンカの自信は取り戻され、めでたく「掃除をしないではいられない気分」となるのである。ここで注目すべきは、何らかの原因によって「私」をなくしてしまったときにでも、回復は可能であるし、回復したあかつきにはもっとすばらしくひらけた気分になるものだ、ということが晴れやかに書かれているという点である。「しないではいられない」という言葉がすばらしい。もはや「好きだからする」ではない、「しないではいられない」なのだ。「私」を保つにおいては、何かを「がんばってする」のではなく、「中からつきあげて来るように、せずにはいられない」のだということを、トーベ・ヤンソンは強く語っているのだろう。

ところで私たちが自分の人生を自分自身で裁量できたのは、人生におけるいつごろのことだったのだろう。

ごく幼いころ？　それとも学生だったあのころ？　しかし、幼い者が、それほどまでに私というものを保っていられるだろうか？　わがままでなしに、真の意味で私を保つことができるだろうか？　また、「なにもかも許されて」いるように見えた学生時代のあのころ、私たちはほんとうに「許されて」いたのだろうか？　ただ「猶予」されていただけなのではなかったか？

私を保つとは、真に自由であるということであり、真の自由は成熟した者にしか得られない。がゆえに、「いつかあったあの自由な時間」は、ほんとうは一回もなかった時間なのかもしれないではないか。真の自由はたいそう難しいものだから、多くの人にはまだ訪れていないのかもしれないのではないか？

強い意志と明晰な心を持った者だけに、真の自由は訪れることだろう。トーベ・ヤンソンの物語の登場人物たちは、どれもいっけん未熟な人物にしか見えないが、じつはこの者たちこそが真の自由を知っている者たちなのだ。

成熟のためにあえて未熟さを選ぶ者たち。いさぎよいことだ。そのいさぎよさこそが、トーベ・ヤンソンの物語の登場人物たちの特徴であり魅力であるのだろう。

たぐいまれなる友

まだずいぶん若かったころには、のび太くんに困惑したものだった。

なぜのび太くんはあれほど宿題をいやがるんだろうか。いやがっている間にちょちょっと終わらせてしまえばいいのに。

なぜのび太くんはいろんなささいなことで音をあげるんだろうか。もうちょっとだけでも我慢してみればいいのに。

なぜのび太くんはあとさきのことを考えないんだろうか。何回でも失敗するのだから、もうちょっと立ち止まって考えてみればいいのに。

のび太くんに困惑した次には、ドラえもんにも困惑することになる。

なぜドラえもんはあれほどに、過保護に見えるほどに、のび太くんをたすけつづけるのだろうか。

もうちょっとのび太くんをほっておけばいいのに。ほっておけばのび太くんだって自分で少しは工夫するだろうし、努力もするかもしれない。努力してうまい結果がでなくても、のび太くん自身にとっていくばくかの満足感は得られるんじゃないか。

「ドラえも〜ん」とひとこえ請えばなんでも出てくるっていうのは、実のところ、のび太くんのためにならないんじゃないだろうか。

そんなふうに思ったころ、私は若かった。息切れしないで階段をのぼることができたし、徹夜は苦にならなかった。細かな字の難しげな本を読むことを好んだ。一所懸命に行えば結果は得られるものだと思っていた。元気だったし、少しばかり傲慢だった。


のび太くんに困惑したもので、『ドラえもん』は、それほど熱心に読まなかった。読まないままに、月日が過ぎていった。

やがて私は若くなくなり、子供を生み、その子供がテレビの『ドラえもん』を見るようになった。

もう若くない私は、子供と一緒にミートローフかなにかをもぐもぐ噛みながら、テレビの『ドラえもん』にぼんやり見入った。

のび太くんはあいかわらず「ドラえも〜ん」と請うていた。ドラえもんもあいかわらず「しょうがないなあのび太くん」と言いながらのび太くんをたすけていた。

ドラえもんものび太くんも変わらないなあ。変わらず、たよりなくて、やさしいなあ。そんなふうに思いながら、私はちょっと焼きすぎたミートローフを噛んでいたのだ。

私にもドラえもんみたいな友人がついていればいいのになあ。そしたら夜お風呂に入った後、しみじみお茶飲みながら、「ドラえも〜ん」と言って、金属のドラえもんのからだに寄りかかるのになあ。

若くない私は、もうのび太くんに困惑しないのだった。のび太くんをたすけ続けるドラえもんにも困惑しないのだった。困惑せず、うらやましいなあと思うばかりなのだった。


元気も減って、若きがゆえの傲慢さも減って、私はのび太くんを嫌わなくなった。どうやっても得られないものやどんなに努めても払えないものが多くあることを知り、のび太くんの嘆きかなしみがわかるような心もちになったのである。

たぶんのび太くんは、最初からあきらめているわけではないのだ。できないことがあるのを知っているだけなのだ。できないことがあるし、できないからといって駄目なのであるわけでもないことを、知っているのだ。

駄目なわけじゃないのだけれど、できないことはやっぱり淋しい。できない自分が淋しい。できないようになっているこの世界が淋しい。

淋しくなれば、思わず知らず「ドラえも〜ん」とつぶやいてしまうだろう。ドラえもんにたすけを求めているというわけでもない、ただ、「ドラえも〜ん」と呼びかけてみたいだけなのだ。体重一二九・三キログラムのみっしりしたドラえもんに向かって、さみしいよう、と言ってみたいだけなのだ。

その結果ドラえもんはさまざまな道具を出してのび太くんをなぐさめてくれるだろう。

しかし、そのなぐさめは一時のものだ。のび太くん自身が高い能力を持つようになるわけではない。ひととき異界にあそぶように、ひとときドラえもんの架空の世界でのび太くんはあそぶだけである。

あそび終えれば、のび太くんは此岸に帰ってこなければならない。やれやれ。また生きていくんだねえ。そう言いながら、帰ってこなければならない。でもまあドラえもんっていう友がいるから大丈夫だね。生きてくことはたいへんだけど、生きていかなきゃならないのはぼくだけじゃないものね。そうつぶやきながら、のび太くんは此岸で昼寝かなんかするのだろう。

『ドラえもん』は、そのような、世にもやさしい友情の物語なのであった。若くなくなり、少し疲れて、私ははじめてそのことを知った。

もっと疲れるまでに、ドラえもんのような友を私も得ることができるだろうか。誰かにとってドラえもんのような友になることができるだろうか。

どうか少しでもそうなれますようにと、若くない私は願うばかりである。のび太くんとドラえもんの友情よ、永遠に、である。

川端文学・私の一篇『掌の小説』

少し前に『山の音』を読んでみて、なんていいんだろうと思った。あれっ、こんなことが書いてあったんだろうか、とも思った。十行くらい読んで、もういちど戻って同じところを読む。しばらく頁を繰って、ふたたびさっきの十行に戻る。「だらりといやな薄白い色だ」「蟬が飛びこんで来て、蚊帳の裾にとまった」十行の中にあるのは、たとえばそういう文章だ。これだけ取り出してもなんということのない文章かもしれない。それなのに、何回でも読んでしまう。気持ちよくて、何回でも読んでしまう。

何冊かを、寝床の頭の上に置いて、毎晩読むようになった。体がうすあたたかく甘くなってきたころ、もうすぐ眠り入るころ、体の甘みをこわさないように片手だけを布団から外へそろそろと伸ばし、一冊取ってそろそろと布団の中に戻し、栞を挟んである頁を静かに開く。どの一冊も、途中なのだ。「ゴム長靴にも泥がついていた。その泥もしめっているのではなく、幾日か前についたのを落としもしてないようなのである」「黒い娘のはだかがうしろから老人をおしまくってきた。かたあしで白い娘のあしまでいっしょにかきよせた」「娘の指は泰山木の花のしべをつまんでいるようであった。見えないけれども匂った」そういうような一行を読み、しばらく進み、そのまま寝入ってしまう。だから、どの一冊も途中なのだ。

『掌の小説』ならば、ひとつふたつの話を読み終える。書かれた年代順に話は並べられている。大正や昭和のごく初めに書かれた掌篇は、たいがいつづまりがついている。昼ひなかに、ガラス越しに欅や楠の新芽をときどき眺めながら、背をまっすぐに伸ばして読むのがいいような話が多い。夜、寝床の中で読むのは、昭和十九年より後に書かれた話である。ひややか、というのでもない、あきらめ、というのでもない、絶望、というのでもない、寂寥、というのでもない、どの言葉でもあらわしきれない感じが、これらの掌篇にはひっそりと溢れている。ひやひやとする。それなのに、笑いたくなってくる。おかしくて笑うのではない。きわまって堪らず笑うのでもない。静かに苦く笑うのである。寝床の中で、あたたかく甘くなりながら、苦く笑うのである。『そうそう、一昨夜箱根でね、土曜日だろう、団体がはいってね。宴会の後で別れた客が一組、隣りへ寝に来たんだが、芸者もべろべろに酔っぱらって、呂律が廻らない。それがよその部屋へ別れた朋輩の芸者と、室内電話で、さんざんくだを巻いて、金切声に怒鳴ってるんだ。呂律が廻らなくて、なにを言ってるかわからないが、卵を産むよ、これから卵を産むよう、と、幾度も巻舌で言ってるんだ。卵を産むという啖呵はおもしろかったな。』『ふうん、可哀想に……。』「卵」の中の老夫婦の会話である。「可哀想に」のあたりで、笑いながら、う、と詰まって、泣きもしないのだが痺れたようになってくる。毎晩、痺れたまま、寝入る。

ごうつくばあさま

いくつか、今におこなってみたいものだ、と思うことがらがある。中で一番強い望みは、相撲の千秋楽を砂かぶりで見物すること。他にも、たとえば寿司屋で金のことを心配せず思い切り飲み食いするだの、ひなびた温泉宿に一ヵ月ほど逗留しつづけるだの、「トルネコの大冒険」を一昼夜やりつづけるだのいうことごとがある。おこなうことが不可能ではないだろうが、もう少し後、今よりもっと大人になったときにおこなえば何倍も楽しめるだろうと思うことがらである。今だってじゅうぶん大人のはずなのだが、なに、たんに、おいしいものは後にとっておく、貧乏性の質《たち》なだけなのかもしれない。

本についても「いつか今に」と思うものがいくつかある。まだ勉強が足りなくて読みこなせないものもあるし、ばたばたした日々の中で読みたくないので先延ばしにしているものもあるが、「おいしいものは後まわし」方式で残してあるものもある。残してあるもの、それは藤沢周平の著作である。何冊かを、若いころに読んだ。読みはじめたとたんに、今後全著作を買いしめ昼夜わかたず読みふけり、読んでいる間は掃除洗濯炊事育児仕事全般おろそかになること必定なのが目に見えた。過去何人かの作家について、そうなった。

まずい。これは、まずい。諸々がおろそかになることはともかく、それだけ打ち込んでしまう作家は、そう沢山は現れない。もしかすると私にとっては藤沢周平が最後かもしれない。これは、とっておかねば。とっておいて、いよいよという時に、読むべし。

そのようなわけで、藤沢周平の本はずいぶん沢山持っているのだが、以来読まずに我慢している。夜な夜な『用心棒日月抄』、『本所しぐれ町物語』、『霜の朝』、『三屋清左衛門残日録』、『驟り雨』といった本たちを撫でて、「ふふふふ」とよろこぶ。床下のかめに札束を貯め夜な夜な数える「ごうつくばあさま」と同じく、これも立派な「ごうつくばあさま」の類であろうか。

恋文

俳句、やってみませんか。

二年半ほど前にそう誘われて、それ以来である。それ以来、俳句が好きでたまらなくなってしまった。

もともと歳時記を読むのが好きで、文庫本になっている歳時記を電車の中や寝床の中で読んだりした。学生のころのメモ帳を見ると、「浮いて来い」「冷し馬」「東コート」「気儘頭巾」「千葉笑」なんていう季語が抜き書きしてある。こういう日本語があるのだなあと感心しながら抜き書きしたにちがいない。自分も使ってみたいが、いったいどうやったら使えるのか見当がつかない、いつか使ってみたいものだ、と、抜き書きしたにちがいないのである。

言葉をそうやって抜き書きする習慣は、ずいぶん以前からあって、今も続いている。辞書をめくって見つかった言葉や、町を歩いて目にとまった言葉や、人と話している会話の中にあった言葉を、帳面につける。一種の収集癖のようなものだ。収集した言葉を自分が書く文章に流用することは殆どなく、たいていは帳面に飾っておくだけである。飾ってあるのを、読み返してはよろこぶだけである。

歳時記は、自分でないよその人が収集してくれた言葉の群れを見物しにいくような心もちで、読んだ。博物館に行って恐竜の骨を見るように、美術館に行ってエッチングや水彩の絵を見るように、歳時記をめくって収集された言葉を、見ていた。

自分がその言葉たちを使っていいなんて思いもよらなかったので、俳句、やってみませんか、と誘われて、たいそうわくわくしたのである。博物館に飾ってあるものを自由に触ったりなめたり使ったりしていいのですよ、と許可されたような心もちだったのである。

でも、いざ使ってみると、むずかしかった。千葉笑だの東コートだのいう言葉はもちろんのこと、花だの月だのいう言葉も、ぜんぜんうまく使えないのだった。今まで思っていた花や月のことよりも、もっとたくさんのことを花や月という言葉は背負っていて、その背負っているもののことをよく知らないので、あたふたする。あたふたするけれど、収集して見ているだけのときよりも、ずっと楽しくはある。使わないで飾っておいたきれいな切手を、思いきって書いてみた恋文に貼って出すような感じだろうか。そうやって恋文に切手を貼る楽しみを知って以来、俳句が好きでならないのである。

短歌と俳句――ということでもなく、言葉であらわす諸々のことについてなど

何かをあらわそうとするときに、わたしは言葉をいくつかつらねます。「あ」だけであらわせる何かはたしかにありますし、「ごはん」「だめ」「すき」「さんぽ」などの言葉だけであらわせる何かもたしかにあるのですが、その中にあるもっとたくさんのものをあらわすために、どうしてもわたしは言葉をさらにつらねなければならなくなるのです。

言葉の中にあるたくさんのものをよりたくさんあらわすためにさらに言葉をつらねることは、森の入口を見つけてしまったがゆえに森のさらに奥に行きたくなることと似ているように思います。森の奥へ奥へ。

森の様相をたしかめるために、すべての枝を手で撫でながら行く人もいるでしょうし、枝をばきばき折って道をつけながら行く人もいるでしょうし、地面に下りずに枝から枝へぴょんぴょん渡っていく人もいることでしょう。言葉をつらねるときに、森の奥へ行くときに、どうやって言葉をつらねるか、どうやって森の様相をたしかめるか、迷いながらその方法を選びとることは、たいそう楽しいことです。たいそう快いことです。俳句をつくるとき、短歌をつくるとき、文章をくみたてるとき、誰かに向かって喋るとき、そのすべ

てのときにわたしは、さまざまな方法で森の中をさまよい歩くことによって生じる快楽と同様の快楽を感じているということになりましょうか。

ところで、あるときわたしが森の中を歩いておりますと、一人の青年が「こんにちは」と声をかけてきたのです。中肉中背の青年で、顔にもこれといった特徴はないのですが、ただ髪が緑色なところが変わっているといえば変わっていたでしょうか。青年は、にこやかに笑いながらふところから大きな布を取り出しました。「はいそれでは」と言って布をひと振りしました。いい匂いのする風がおこって、ハーモニカみたいな音もして、今にも何かがあらわれてきそうな空気があたりにたちこめました。出るか出るかと待ちかまえていると、ずいぶん長い時間がたってから、でんでん虫が数匹あらわれたのです。でんでん虫はどれも青年の髪と同じ緑色で、見ていると、ゆっくり地面に筋をつけながら茂みの中に消えました。

でんでん虫が全部消えてしまうと、青年はもう一度大きな布を振りました。今度はどろどろと不気味な音がして、きなくさい匂いがして、これまたあらわれそうな空気です。出るか出るか、布の振られた方向をじっと見つめていると、こんどは煙がたって、その中から緑色の柱時計がぼんとあらわれました。柱時計の振り子がたてる音がいやに大きく響いていたかと思うと、時計の扉が開いて、中から緑色の子山羊がいっぱい飛び出してきて、数を数えると十二匹、その十二匹がめえめえと鳴きながらいっせいに森の奥へ駆けていったのでした。子山羊たちが去った後の柱時計は、扉を開けたままかちかちいっていましたが、やがて煙が最初と同じようにたつと、ぽんと音をさせて消えました。

「どうですどうです」青年が聞くので、「なかなかですね」と答えると、青年は「次はあなたに魔法をかけてみましょうか」と言うのです。魔法？　ただの手品じゃないの？　そう思ったので、鼻なんか鳴らして答えないでいたのですが、青年は答えないでいるのを承知のしるしと受け取ったのか、大きな布をわたしの上でうち振りはじめたのです。あれっと思ったとたんに、苦いものを飲み込んだような味がしたかと思うと五回くらいぐるぐる宙返りをしたような感じになり、しかしその後は何もおこりませんでした。「おわり」と青年が言うので、あたりを見回したり手足を確かめたりしたのですが、何の変化もないようでした。青年はにこやかに笑ったまま、さよならと手を振って森の中に消えてしまいました。

それ以来変わったこともないし、森の中を歩いても青年と再び会うことはなかったのですが、ただ油断すると髪が緑色に変わるようなのです。髪は肩のあたりまであって、ふつうにしていると色はわからないのですが、ときどき気がついて髪を揺すると、緑色の残像が残るのです。はっと気持ちを引き締めると元の色に戻りますが、一人になってぼうとしていると、すぐに緑色になってしまうようなのです。

それで困るということはないのですが、ただ、髪が緑になる間は森がなつかしくてなつかしくてたまらなくなるのでした。茂みに消えたでんでん虫や奥へ駆けていった子山羊のように、わたしも森の方へ森の方へ、とりこまれたくなってしまうのです。

青年なんかほんとは見なかったんでしょうと、いろんな人に諭されますし、髪だってぜんぜん緑じゃないですよとはげまされるのですが、やっぱり青年はいたように思います。髪だって緑になるようです。それでは、短歌や俳句やそのほかの諸々の言葉であらわす何かと青年にどんな関係があるのか、と聞かれると、ひどくあいまいな心もちになるのではありますが。

近代俳句・この一句

たましひのたとへば秋のほたる哉　飯田蛇笏

俳句のかたちというものが好きである。五つの初めの音、七つの中の音、ふたたび五つの座の音。

そこにいろいろなことばが置かれ、ただ一つのことばだったものが、五つ七つ五つの流れの中でほかのことばと組み合わさりながら、くっきりとした景色をかたちづくっていく。手品でも見ているようなあざやかさがそこにはあるように思える。

たましひたましひ、とわたしはとなえる。たましひのたとへばあきのほたるかな。たましひのたとへばあきのほたるかな。たましひのたとへばあきのほたるかな。

何回でもとなえているうちに、句の持つ意味ははるかなものになり、音やかたちのつらなりだけが、となえる舌の上に残るようなこころもちになる。

そうなったところでもう一度句を読みなおすと、この句が現世と現世でない場所をへだてる出入口であるかのように感じられて来はしないだろうか？　ことなる場所へ、たましひたましひととなえながらわたしは連れられていかれはしないだろうか？

ことばじたいの意味に加えて、ことばのひびきやかたちによって喚起されるものがあること。それが、俳句という短いかたちの韻文における、短いがゆえにあらわれる恩寵であるにちがいないし、蛇笏のこの句は、その恩寵をゆたかに受けた句なのであると思うのだ。

ところで、この句を読んでいるとかならず思い出す、もう一つの蛍の句がある。

じゃんけんで負けて蛍に生まれたの　池田澄子

すとんと投げ出された作為のない一行のように見える句である。蛇笏の句における「た」の音のつらなりや「は」行のひらがなのかさなりのような音韻のかたちは、ここにはない。しかしこの句の持つ、一種の呪術的なひびきには、曰くいいがたい魅力がある。

じゃんけん、とわたしはふたたびとなえる。じゃんけんでまけてほたるにうまれたの。じゃんけんでまけてほたるにうまれたの。

うまれたの、という声は、外からきこえる誰かの声である。たとえわたしの声でとなえていても、この句を最初にとなえたのは、ことなる誰かであったにちがいない。今わたしがとなえてるのは、その誰かに連れそう影の声にちがいないのである。この句の世界にある、いのちそのもののほめきのようなもの。そのほめきの中から、「じゃんけんで負けて蛍に生まれたの」という声ともつかぬ誰かの声が、深いところから聞こえてくるようではないか。

呪文のように、何回も句をとなえることによって眼前にあらわれる不可思議な世界。この句もまた、俳句というもののかたちの恩寵をゆたかに受けた句であるにちがいない。

わたしの好きなこの一句

千年とひと春かけて鳥堕ちぬ　　攝津幸彦

暮らしていると、知らぬ間に何かがからだにしみこんでくる。しみこんだとたんに、その何かは以前から自分に属していたのだと勘違いすることが多い。勘違いしながら、自分というものがかたちづくられていくともいえるのであるが、ときどきしみこんだものをすべて取り去りたくなるときがある。

取り去るために、いろいろしてみる。それは難しい作業であるが、ときにしみこんだものが剝がれた、と思う瞬間がある。決定されていることは何もない、すべてのことは素の自分が決定してよいのである、しみこんだものに惑わされず。そんなふうに思える瞬間がある。攝津幸彦の句を読んで感じる気分は、そのような瞬間と同じ気分である。

掲出句は『鹿々集』の中の一句。掲出句のほかに、「太古より人淋しくて筑前煮」「泥濘を馬・人・喇叭の順に行く」「折られつ、折鶴きのふをふと思ふ」「月夜野にただだ・だだだと蝶湧きぬ」「肛門をゆるめて淋し夏燕」「蛸壺の中とまはりの空気かな」などの句が、この句集のいたるところにちりばめられている。これら物語を内包している句のかずかず、その物語は原初の世界を彷彿とさせる。原初の世界などを実際には見たこともないのであるが、たぶんわたしたち昭和平成の人間の原初の物語はこんなふうなのではないか、という心もちにさせられる、そのような世界である。何もしみこんでいない素の自分が、その中に立っているような世界。さみしくかなしく、しかしその中に立つ自分は一人であるがゆえに、あかるい物語。

物語の中にあるのは絶望だろうか。そうであるならおそらくその絶望は深いだろう。しかし、絶望を静かに暖かく凝視する強い目が、そこにはあるに違いない。

攝津幸彦は去年十月に四十九歳という若さで亡くなった。早すぎる死が悼まれる。

鳩である

鳩が来るんである。

三階建て団地の三階に住んでいる。どの部屋にも窓やベランダがあって採光や風通しがいいのがこの団地の特徴です、と、不動産屋に言われた。そりゃあいいと、住むことにして今年で七年めである。

その、豊富にあるベランダに、ひんぱんに鳩が来るようになった。ひんぱんどころか、このごろは常に、来る。

鳩というもんはこれであんがい可愛いものだった。でで１、ぽぽ１、と柔らかく鳴く。体に比べて小さなあしでぽつぽつ歩く。窓を開ければ驚きはばたく。

そんな様子のころはよかったのだ。それが次第に態度を変えていった。最初遠慮がちだった声が高くなった。でで１、ぽぽ１、だったのが、ででぽぽでででぽぽでででぽぽでででぽぽと、ひっきりなしになった。ぽつぽつ歩いていたのが、でしでし歩くようになった。でしでしと手すりや植木や物干しの上をわがもの顔に歩く。窓に近づいただけではばたき去ったのが、窓を開けても拍手しても叱っても動かなくなった。しまいには、布をはためかせても棒でつついても、去らなくなった。去らずに、いっぱい糞したり羽根を広げて仲間どうしでふざけあったり朝四時ごろからやってきてでぽぽを永久みたいに繰り返すようになった。

どうやら鳩に見入られてしまったらしい。ここの家は平気平気と、つけこまれてしまったらしい。真剣に追い払うこともせず、いやがりながらもまあいいかという心もちでいるのを見透かされたのだろう。鳩なんかに見透かされるのは癪だが、もともと投げやりな性質にできているので、癪と思いながら、投げやりのままにしたのがいけなかった。

鳩に来られるようになってから、鳩の俳句を多く作るようになった。糞はするわ朝は起こされるわで、いいことないのだから、こちらだって鳩をよむくらいはさせてもらおう。

鳩鈍く鳴くや夏痩せはじまりぬ

なんていう句をまずつくって、鳩を呪った。しかしこんな句じゃあぜんぜん呪いの用をなさない。へへん、勝手に痩せな、というふうに鳩はでぽぽ言っているだけだった。

鳩飛びたつ、だの、茂みに埋まる鳩、だの、からだの中に棲みがちな鳩、だの、ふろしきいっぱいの鳩、だの、つぎつぎに句をつくってみたが、めざましい句にならない。もともとめざましい句なんかつくったことないから、鳩のせいでもないのだが、つい鳩のせいにしたくなる。いいことないうえに、いい俳句もつくれない責任を、全部かぶせたくなる。

そんな気分でいるころに、『かばん』という短歌同人誌の連載「実用短歌集」高柳蕗子作、というのを読んだのだ。「かつて短歌は実用的なものだった。歌で恋人を口説き、歌で死者の魂を鎮め、歌で冗談を言い合った」で始まるこの連載読み物、読み進むと「魔除けの歌」「霊験歌」「人生訓歌」「宣伝歌」などなど、出てくるわ出てくるわ、この歌をとなえれば霊験あらたか、この歌は狐を除ける、この歌はよろしき眠りを運んでくれる等々、そりゃあ実用的なのである。

短歌がそうなら、俳句でもそうはできないだろうか。鳩を呪い鳩を除ける句を作れないだろうか。その句を墨書してベランダに貼って朝に晩にとなえれば、鳩も一目散という句はできないもんだろか。

考えはじめると、どんどんその気になってきた。「しっしっ」に通じるから、「い」音が多いといいかもしらん。呪うなら「う」音も効果があるかもしらん。あんまり呪うと却って居つくということもあるので、多少はいたわる気持ちも込めねばならぬかもしらん。どんどん考えて、案を練った。夜は遅くまで、朝はあいかわらず鳩のででぽぽに早よから目を覚まされ、練りに練った。

でも、いいのができない。幾つつくっても、気持ちが晴れない。句が小さくてぜんぜん鳩除けにならない。のびのびした鳩に対抗できない。のびのびした天然に対抗できない。だいいちが、句でもって天然に対抗しよう天然を呪おう除けようという考えがまったく間違っている。歌には歌の事情がある。句と歌の事情はきっと違うものなんである。間違っていることを、ああでもないこうでもないと考えている自分がいやになる。いやになりながらもやはり鳩はきらいである。きらいで、困って、そのうえ少し好きでもある。もてあます。

結局鳩除けの句はベランダに貼られることもなかったし、となえられることもなかった。相変わらずベランダの鳩には困りはてているが、先日旅先で鳩を見たときに、しょうこりもなく鳩の句をつくってしまった。きらいいやだと言いながら、河やら雪をいただく山やらはよまずに鳩をよんでいた。

処置なしである。

4

エレクトロニックカフェに行った

渋谷センター街のマクドナルドに入ってチーズバーガーとコーラを買って二階に上がるとぎっしり人が座っていてたいがいの人の髪が茶色くて茶色くない人でもだぶだぶした服を着ていておまけにどのテーブルの上にも必ずポケベルが一つずつ載っていてそのどれかがひっきりなしにピーピーいっているのだった。

神奈川県伊勢原市のマクドナルドにくらべてセンター街のマクドナルドの椅子席のテーブルとテーブルの間がすごく狭いのは土地価格から考えても当然なのだろうけれど、同じくらいテーブルとテーブルの間が狭い吉祥寺マクドナルドにくらべて客層があまりに均一なのはどうしてだろうと考えはじめたけれどたぶん大した訳はないだろうと思ってチーズバーガーを包む黄色いワックスコーティングの紙をむいた。マクドナルドが発泡ポリスチレン容器をフィレオフィッシュやビッグマックに使用しない地球に優しいやりかたをするようになったのはハンバーガー屋系統の中でもけっこう後の方で、でもそういうことに関係なくいつもマクドナルドは人でいっぱいではある。わたしは照り焼きものはあんまり好きではなくてだからマクドナルドとモスバーガーの両方がある場合は必ずマクドナルドを選んでしまうのだが、マクドナルドで照り焼きバーガーを食べてる人はいったいこれについてどう考えてるの、と、いつか十歳年下の弟に聞いてみたことがあったが、姉貴そんなこと真面目に考えていちいちハンバーガー屋を選ぶ人間なんてないよばか、と、鼻先で笑われたのは少しいまいましかった。

ポケベルの音は、わりと好きだ。


エレクトロニックカフェに行った。

エレクトロニックカフェとは、インターネットにアクセスできるパソコンが置いてあって飲食もできる場所である。

もともとパソコン通信をしている。ただしインターネットとはうまくアクセスできない。アクセスできることはできるが、持っている機械の関係でごく一部しか見られないのである。インターネットとは世界中の人が書いた情報を世界中の人が電話線その他を通じて読めるしくみである。インターネットなるものをもっとよく見てみたいと薄々思っていたので、簡単にアクセスできる場所に行ってみませんかと誘われて喜んで頷いたのである。

センター街から駅に戻って井の頭線の改札で『文學界』の渡辺さんと待ち合わせをして鳥升や鳥竹なんていう焼鳥屋の前を通りなんとかいうラブホテルの前も通り、このラブホテルは二十年前からあるねえなどと半分口から出まかせを言いながらでも渡辺さんは二十三歳だからほんとは二十年前からなかったにしてもわかりっこないやとわざわざ自分に言い訳をしながら、道玄坂の裏の坂の上にあるエレクトロニックカフェに行った。

インターネットって、面白いの？　とインターネットにしょっちゅうアクセスしている人に聞くと、エッチ情報がちょっと派手なのと怪しい情報も探せばあるのが面白いけどさあねえ後はあんまり面白くないよ、と言われる場合もあるし、電子メールをいろんなネットの人に出せるから便利だなあ、と言われる場合もあるし、いやいや某企業界では全世界の同一企業がネット上でリアルタイム会議を開けるようなソフトとハード作りを行ってる最中だしだいいち世界のありとあらゆる情報をざくざく手に入れられるからすっごいもんですよこりゃ、と言われる場合もある。

いずれにしても利用する人次第なことは当然のことでそれはわたしがポケベルをうまく使えないけどセンター街の茶髪の人たちがすごくうまくポケベルを使っているのと同じようなものなんだろうと思う。

渡辺さんは「来る前に文春マルチメディア室でインターネット接続の方法を教わってきました。うひゃーそれじゃあ君もこれからインターネットなんかやって真面目に世界の行く末を考えるのお、なんて言われちゃいました」と言いながら、簡単そうなページのアドレスを幾つか手帳に書き留めたのを見せてくれた。

真面目に世界の行く末を考えるのはたしかに面白いことだしセンター街のマクドナルド

で地球に優しくない環境汚染物質のことを考えるのも興味深いことだけれど、インターネットにアクセスして全貌のわからない新聞の一部をちょろちょろ読むようなことは面白いことなのかなあと多少不安に思いながら、二人で飲み物を頼んでからそれでもいそいそとパソコンの前に座った。

ちっともうまくアクセスできない。

http://と押したあと、なんとかかんとかと押すのだが、・や・を取り違えるとたんに接続できなくなる。そんなことは当然なのだが、ぐずぐずと時間をとることはなはだしい。やっとアクセスしたと思ったら、英語だ。英語は不得意なくせに、斜め読みですべてを片づけようとするから、ぜんぜん意味がわからない。それでも「シラノにラブレターを書いてもらう」というページに行って「太ってて象が好きで一番似合う服は半ズボン、チャームポイントは肌のつるつるとしたところ」という架空の片思いの相手に出すラブレターを書いてもらったり、「背が高くて困ってる人たちが忌憚のない意見を発言する」ページに行ってみたり、知り合いが作ったホームページを見てみたり、した。

「けっこう来ますねえ」「わたしはまるかも」と言いあいながら、相変わらずぐずぐずとアクセスしていると、もう二時間がたっていておまけに満員になったので、「おしまい」と店の人に言われた。けっこうはまるかも、などと言いながら二時間で得られた世界をかけめぐるインターネット上の情報はあまりにも僅かなものなのであった。

映画というものを見たことのない人に初めて映画を見せてから感想を聞いたら「横切った牛がすごくよかった」というような感想を述べたのだが牛が画面上に現れるのは二時間の映画のうちほんの十秒くらいなのだった、というような内容のことを昔また聞きしたことがあって、いつも本を読んだり人と話したりするたびにぼんやりとそのことを思い出すのである。結局今になってはっきりと覚えているのは、エレクトロニックカフェの従業員が首からフロッピーディスクを下げていたことと、カフェを出てから渡辺さんと行った台湾料理屋で相席になった男性が編集プロダクションに属しているらしいことが同席の女性との会話から判明したことと、渡辺さんと別れた後に待ち合わせた駆け落ちをしている最中の友人は相手の女性の頭を撫でるという愛情表現方法が好きであるらしいことと、台湾料理における牛のアキレス腱がたいそうおいしいこと、くらいである。わたしという人間が受け取ることのできる情報の型というものは、そんなようなものだったようである。

インターネットのことは、いまだによくわからない。

で、ポケベルの音は、わりと好きだし、茶髪の似合う人が茶髪にしてるのはなんとなく理に適ったことなのだと、思う。

あるようなないような 1

毎日何をしているかというと、芋を煮たり、散歩をしたり、本を読んだり、人と酒飲んだり、仕事をしたり、パソコン通信をしたり、している。そのほかにも少しあるが、大きくくくればこんなところだ。

毎日するどんなことも、あるようなないようなことである。どれが一番ということもないし、どれが三番ということもない。どのことも、たいがい面白い。

この前は、映画を見に行った。オリーブの木がたくさん出てくる映画で、そのオリーブの木の間を、いろんな人が歩きまわるような話だった。歩きまわっている人たちの中に若い男女がいて、男は女に求婚しているのだけれど、なかなか受け入れてもらえない、最後の場面になっても受け入れられたのか駄目だったのか判らぬまま終わる、そういう話なのだった。やっぱり振られたのかそれとも求婚に成功したのか、どちらなのだろうとくよくよ考えながら映画館を出た。求婚者である男がくよくよしたタイプだったので、くよくよが私にもうつってしまったようだった。

くよくよ歩いていると花屋があって、くよくよしたまま入った。大甕がいくつも床に置いてある。その大甕の中に、枝ものがばらばらと投げ入れられている。猫柳や桜やこでまりやれんぎょうが投げ入れられている。

「ケイオウザクラというのですよ」桜をくよくよ眺めていると、店の人が言った。そのまま店の人が私と桜を交互に見るので、くよくよしたまま「では下さい」と言ってしまった。「はいはい」店の人は言って、一枝取り出す。「はい」と言って、私の目の前にかざす。得意の一枝のようなのであった。

贈り物でもないのに大きな赤いリボンをかけてもらってセロハンに包んでもらって店を出て、困った。思っていたよりもずっと大きな一枝なのだった。小学二年生の男の子くらいの高さがある一枝なのだった。

家までの一時間半ほどを、小学二年生を抱えて帰ることになってしまったのであった。

電車に乗った。最初は扉の際に立って、扉に向かって立った。なるべく小学二年生を抱えていることを気づかれないようにと思って、乗客に背を向けた。しばらくしてからガラスに映った乗客の様子を観察したが、誰も私の抱えている小学二年生に関心を持っていないようで、がっかりした。気づかれないように背を向けたのに、無関心でいられるとがっかりするのだった。

またくよくよと映画の中で求婚が受け入れられたのかどうか考え始めると、次の駅について、セーラー服を着た女学生が何人か乗ってきた。

「あ」と一人が小さく言って、隣の女学生をつつく。「あ」つつかれた方も言って、私の持っている小学二年生を覗き込むようにする。「あ」は何人かいた女学生の間をみるみる間に伝わって、全員がこちらを覗き込んだ。昔は自分も女学生だったのに、もう女学生ではないので、女学生はなんだか恥ずかしい。女学生はどれも柔らかそうで固そうで考え深そうでうきうきしているようで、制服を脱げばみんな名前があるのに制服を着ているとどれも女学生なので、なんだか恥ずかしい。

そういう女学生たちに見られたので、腕の中の小学二年生を、見やすいように女学生たちの方に向けた。女学生たちはしばらく見ていた。それからすぐに見るのをやめて、お喋りを始めた。

女学生に見られて少し自信がついた。次に乗り換えた電車では、抱えるのをやめて、網棚に小学二年生をのせた。網棚にのせると、もう誰も見なくなった。手があいて本を読みはじめると、私も小学二年生のことを忘れてしまった。子離れをした親のようなものかもしれなかった。ときどき空いた車内を横切る人が、網棚の上の小学二年生に目をとめた。そういう時は上の空になって、読んでいる本の文章が頭に入らなくなった。忘れてしまったと言いながら、ほんとうはずいぶん小学二年生のことが得意なのだった。花屋の店の人が得意そうに見せてくれたのと同じように、誰かに、私のものとなった小学二年生を、みせびらかしたいのかもしれないのだった。

また乗り換えるために、下りた。乗り換える電車はなかなか来ない。退屈なので、小学二年生の匂いをかいでみた。キャラメルのような匂いがする。桜なのに、キャラメルの匂いだった。

匂いをかいでいると、「大きな桜ですねえ」と話しかけられた。五十年配の婦人である。「匂い、かぎますか」と聞くと、

「ええ、ええ」と言って、婦人は匂いをかいだ。

「匂い、しませんね」と婦人は言った。「桜はあんまり匂いがしないって言いますからね」そう言った。

やっと来た電車に一緒に乗ると、婦人は親類の〇〇子さんの話を始めた。親類は俳句をやっているらしかった。

「〇〇子さんがいたら、喜んだのにねえ。桜で一句作ってくれたのにねえ。わたしは俳句は知らないから」そう言って、〇〇子さんの話をどんどんした。〇〇子さんの娘は、十代の終わりに駆け落ちをするところだったのである。悪い男に騙されて、駆け落ちをするところだったのである。しかし、〇〇子さんの祈りが届いて、娘は駆け落ちを思いとどまっ

た。〇〇子さんは苦労人なのである。

別れぎわ、「〇〇子さんによろしく」と言うと、婦人は「よろしく言っておきましょう」と言った。

腕に慣れた小学二年生を持って、電車から下りた。くよくよは、すっかり直っていた。

家に帰って小学二年生をさす花瓶を探したが、どうしても手頃な大きさのものが見つからない。仕方がないので、小学二年生をいくつかに分けて、近所の人に配った。小学二年生だったケイオウザクラは、新生児くらいの大きさになって、玄関の花瓶におさまった。

花瓶におさまった後で、見た映画のことを、二人ほどの友人に、メールした。

それが二ヵ月前のことで、今は初夏である。ケイオウザクラは、一ヵ月児くらいの大きさで、葉桜になって、まだ玄関に、いる。

あるようなないような 2

海のそばに住んだことが二回ある。

一回目は、歩いて十五分ほどのところに海があった。商店街を突き抜けて畑を過ぎていくつかの路地を通り、最後に低い塀のようなものをまたぐと、海に出た。海までは、ほとんど直線の道筋なのであった。ほんとうは最後の低い塀をまたがないで、少し右にそれて大回りするのがまっとうな道なのだったが、そこまで直線で来るので、すっかり勢いがついてしまい、まっすぐが止まらなかった。まっすぐのまま砂浜に下りて、座って海を眺めたりした。ビーチパラソルを一本持っていき、砂にさして、その下で本を読んだりした。浜は狭く、ウインドサーフィンをする人が一人いるほかは、誰もいなかった。いつ行っても一人だけウインドサーフィンをしていたのはちょっと不思議だった。黒いウェットスーツをつけているので、同じ人なのかそれとも日替わりで違う人なのか、わからない。行くたびに帆の模様を覚えようと思うのだが、直線の道筋を家に向かって帰る途中で、必ず忘れてしまう。商店街に入るあたりで、必ず忘れてしまうのだった。

一回目の海そばには、一年ほど住んだ。もっと長く住むかと思って、わざわざ海辺から少し離れた部屋を借りたのだ。一年しか住まないなら、もっと海にぴったり近いところに住めばよかったと、ときどき思い返す。海から五十メートルしか離れていない部屋を不動産屋に案内されて見に行き、「いいなあ。ここいいなあ」と言うと、不動産屋は「でも潮風でふとんがいたみますよ」と、沈鬱な顔で言ったのだ。「こないだもね、下の階のお客さんがね、ああこんなところにしなきゃよかったって嘆いてましたよ。そりゃね、景色はいいよ。でもね、ふとんがね。洗濯ものの色も褪せるしね、どんどん」そう言ってため息なんかついたのだ。住んで一ヵ月としないうちに持っているすべての家財が潮風にやられて錆だらけになり、持っているすべてのTシャツが十年間日光に当て続けたように色褪せ、ふとんには舟虫が常に二三匹くっついていて夜になるとくびすじのあたりをごそごそ歩きまわるようになる、そう思い込んでしまったので、結局その海沿いの部屋を借りるのは止めたのだった。これから先、あれほど海に近い場所に住む機会があるかどうか、わからない。損をした。

二回目の海そばが、今住んでいるところである。海のそばと言っても、海までは車で二十五分かかる。二十五分南下すると、海に出る。その海には、日本で一番最初に開かれた海水浴場がある。夏が終わってから、この「日本で一番最初に開かれた海水浴場」に行くと、やたらに玉ねぎが落ちている。砂浜に、水を吸って少しふくらんだ玉ねぎが、むすうに落ちている。まるで一夜に百五十六ほどの団体がバーベキューをした後のように、玉ねぎは落ちている。いや、バーベキューではなく、玉ねぎ撒きがあったのかもしれない。「夏は終わったー」などと言いながら、善男善女がうち集まって玉ねぎ撒きなんかしていたのかもしれない。その玉ねぎを、年の数だけ食べたりしたのかもしれない。玉ねぎを年の数だけ食べるのは、いやだ。この海では、サンダルをさらわれたことがある。お盆を過ぎた頃に、高く荒くなった波を見にいった。台風が近づいているらしく、ものすごい速さの波がつぎつぎにやってくる。波打ち際からずいぶん離れて、速い波を眺めた。波を十ほど数えたときに、とりわけ大きな波が足元までやってきた。引く力が強い。引かれて海に連れていかれそうになった。びっくりして「うん」と力をいれて立っていると、またあっという間に波は行ってしまった。足の下の砂が大きく削れている。連れていかれなくてよかったと思って下を見ると、片方のサンダルがなくなっていた。サンダルは引いていく波の頭に乗って、見るまに堤防の突端まで流された。数秒のうちに、三十メートルくらい流された。

しばらく見ていたが、もうそれ以上沖へは行かない。ああもったいないと思いながら、片方はだしで運転して帰った。夜になってもときどき思い出しては「もったいない」と独り言なんか言っていたが、翌朝の新聞を見ると、高波で何人かの人がさらわれたという記事が載っていた。危ないところだったのである。誰に対してだかわからないが、すまない気持ちになり、「ごめんなさい」と空に向かって謝った。それからサンダルを買いに近くの靴流通センターに行った。

海のそばに住んで、たびたび海に行くが、海水浴に行くことはめったにない。いつも人のいなさそうな時ばかりねらって行くからかもしれない。

去年、六月のずいぶん暑い日に浜にふいと行ったときは、多くの人が水着を着て海に入っていた。平日なのに人が多いなあと思って少しがっかりした。人が多いと、浜を独占している気分になれないので、がっかりするのである。欲張りなのである。しばらくがっかりしていたが、水着の人たちの様子が面白いので、すぐにがっかりを忘れた。大きい人も小さい人も、岸辺に近いところで頭だけ出して浮かんでいる。波が来ると、いくつかの頭は沈み、いくつかの頭は波の頭に乗って高いところにいく。波が行ってしまうと、またどの頭もぷかぷか浮かぶ。波が来るたびに、何回でも同じことを繰り返す。泳がずに、波に乗って遊んでいるのだ。そのうちにどの頭も独立した生き物のように見えてくる。珍しい種類の海鳥かなにかのように見えてくる。

浜に座ったままぐるりを見渡すが、泳いでいる人は一人もいない。どの人もただ浮かんでいるだけなのである。そして、飽きずに波乗りを続ける。せっかく海水浴に来たのに、泳がずに、ただ波乗りをするだけである。その様子が面白く、ずっと見ていた。

翌日、物知りのFさんにメールを出して、波乗りをする人たちの様子を教えた。面白いものを見たのが自慢で、自慢げなメールを出した。「珍しいものを見た」と何回も書いた。Fさんからの返事には、こんなことが書いてあった。

「それはよかったですね。たぶんそれは海開きの前だったからでしょう。海開きの前には、決して泳いではならないのです。海辺に私服の警備員がいるのに気がつきませんでしたか？　間違えて一掻きでもしてしまうと、罰金を取られるのですよ。特に湘南のあたりは警備が厳しいはずです。警備員は、首から立派な双眼鏡をぶらさげているので、気をつけて見ればすぐに判別がつきます」

それでどの人もただ浮かんでいたのか、と思った。その日いちにち「そうか、そうか」と思って、やたらに納得していた。数日後に「江ノ島で海開き」という記事を読んだときにも、「やっとこれでみんな泳げるのだな」と、安堵した。夏が終わるまで、すっかり「海開きの前には泳いではならない」と信じていた。

しばらくしてオフ会でFさんに会う機会があり、「こんどは警備員を見つけにいくつもりです。目印は双眼鏡ですね」と言って笑われるまで、ずっと信じ込んでいた。

今年は海水浴にも行ってみようかと、思っている。

あるようなないような 3

暑いのが苦手で、夏になると家の中にいてじっと息をひそめている。ただし、夏でなくともたいがい家の中にいてじっとしているから、さほど変わりがあるわけでもない。クーラーはあまり好きではない。扇風機は好きなのだが、ずっと扇風機に当たっていると、当たった部分が固くなってしまうようで、困る。夜になっていくらか涼しくなるのが楽しみで、クーラーをつけないようなところもある。

去年の夏は非常に暑かった。去年のことなどほとんど忘れてしまう私が覚えているくらいだから、よほど暑かったに違いない。

暑いので、夜中に何回か目を覚ます。目を覚ましたのが明け方の四時ごろだと、暑さを忘れたふりをしてすぐに寝入るようにする。一時ごろに目を覚ますこともあって、この時間だと「まだまだこの暑い夜が続くのか」とげんなりして、麦茶などを飲みに起きだすことになる。

起きて麦茶を飲み、それから蟬の声を聞く。このごろの蟬は、夜中によく鳴く。鳴いている鳴いていると思ってしばらく耳を澄ませるが、そのうちにもしやこれは耳鳴りではないかと疑う。なかなか途切れないからだ。いつ途切れるかと待っているが、待っているうちにほかのことに気をとられて、途切れたのか途切れなかったのかわからなくなる。夜中に鳴くのは油蟬ばかりで、みんみんやシャーシャーは聞こえないので、ますます確かめにくい。

そうやってしばらく遊んでから、そうだ、パソコン通信でもしようか、と思う。早寝なので、ほとんど夜中にアクセスしないが、多くの文章は夜中に書かれる。私の見る場所は特に夜行性の人が多いらしく、夜のうちに話がどんどん進んでいたりする。下手をすると話が始まって進んで終わっていたりする。そういう様子を、朝アクセスしてから読むと、まるで一夜にして成って一夜にして滅びた帝国の興亡をみるようで、少し淋しい。いつも淋しいので、夜アクセスすると興奮する。初めて修学旅行に行って夜遅くまで起きていたときのような興奮だ。子供じみた興奮だと自分でも思うが、子供じみた人間なので、しかたがない。

夜のネットは、ざわざわしているような気がする。昼よりもずいぶん人が多くて、あちらにひょっと知っている人の影が通ったと思ったら、こちらにまたひゅっと耳の端が見えたりする。突き当たりにある扉を開けてみると、何人かが車座になって静かに喋っている。扉の前でぼんやりしていると、後ろからぽんと肩を叩かれる。振り返るともう叩いた人は遠くに行っている。「こんばんは」とその遠い人に向かって呼びかけると、見る間に戻ってきて「おおこんばんは」と言い、また見る間に遠ざかる。なんだかあわあわした水の中にいるような感じだ。

しばらく通信をしてから、BYEと打ってネットから離れる。電源を切って部屋を見回すと、自分のほかには誰もいない。ああ暑いと言ってまた麦茶を飲む。飲んでいるうちに、眠くなってくる。どこかの階で風呂を使う音がする。扇風機に当たってからだを冷やしてから、寝室に行く。

そういう夜を、去年の夏には、何夜か過ごした。

秋と冬と春にはよく眠るので、夜中に通信をすることはほとんどない。通信をする代わりに、たくさん夢を見る。見た夢はおおかた筋の通らない、自分だけにしか面白く感じられないものなので、人に話すことはめったにない。人の夢を聞くのは好きなのだが。

通信で知り合った人の見た夢の話を、一回だけ聞いたことがある。

その人はところどころに灌木のある、荒れた土地にいるのである。砂地のその土地には、ひざ丈くらいの小さなカンガルーが何匹もいて、油断していると、肩に乗られてしまうのである。危害を加えてくるわけではないが、肩にカンガルーが乗るのはあまり気持ちのいいものではない。ずいぶん長い間緊張してカンガルーを寄せつけないでいたが、ちょっとした隙に、乗られてしまう。振り払おうと思って、しゃがんでみたり首を大きく振ったりからだを揺すってみたりするが、いったん乗ってしまったカンガルーは、いつまでも柔軟に両肢を開いて肩の上に立っている。ついに決心して、カンガルーの股の間をくぐることにする。両肩にあるカンガルーの肢の間に頭をくぐらせ、そのまますると蛇のようにからだもくぐらせる。からだは一回転して裏返り、自然にカンガルーは地面に下りた。裏返った蛇のようなかたちのまま、砂地を這いずっていく。カンガルーが下りてくれたことは嬉しいが、何かまずいことをしてしまったような気持ちもある。嫌な予感がある。案の定、しばらくして灌木の中から「カンガルーの肢の間をくぐるのは大層縁起の悪いことである」という声が聞こえてくるのである。しまったと思うが、もう遅い。

そういう話を聞いた。ずいぶん筋の通った夢ですね、いつもそんな夢を見るのですか、と聞くと、いやそうでも、と答えた。筋の通った夢を見たので話したくなったのでしょう、続けてそう言った。

その話を聞いたのが確か去年なのであるが、今思い出そうとしても、どうやって聞いたのかがわからない。メールで聞いたのか、オフで会った時に聞いたのか、チャットで聞いたのか、どうしても思い出せない。ちょうど夏の夜に通信をして、翌朝起きてみるとほんとうに自分が通信をしていたのか、それとも暑い夜に見た夢だったのかわからなくなるような感じで、思い出せない。

話をしてくれた人の姿は、このごろネットで見かけないのである。IDは登録されているのだが、メールも来ないし、書き込みも見ない。そうなると、ますますわからなくなってくる。

もともと忘れっぽいのに、パソコン通信などをするから、こういうことになるのかもしれない。家族や近所の人のことでさえあやふやになることが多いのに、通信の中の人のことは、もっとあやふやになる。

それでも、夏の暑い夜には、きっとまた麦茶を飲みながら、通信をすることだろうと思う。

あるようなないような 4

ときどき多食になる。

一膳だったご飯が二膳になり、ふだん食べない甘くてとろとろしたものを二個も三個もつまみ、炭酸飲料なんかも飲んでみて、そのあとまた一膳食べたりする。もう食べられなくなると、仕方なく止めるが、じきに腹に隙間ができて、またチーズをつまんだり煎餅をかじったりする。

こういうのが、一日くらい続く。

来た来たと思って、その日はせっせと食べ続ける。翌日になるともう食欲はおさまっていて、しかし胃袋がふくらむせいか、常よりはいくらか多く食べる。その翌日にはだいたい元に戻る。

この多食が定期的なものであることに、最近気がついた。

ある日、飴をしゃぶりながら、カレンダーを眺めたのである。飴なんていうものも、普通はほぼ口にしない。甘い汁が舐めている間じゅう滲みでてくるのが苦手なのである。しかし、多食の日には、できるだけ長く食べ続けていたいので、飴みたいなものは絶好なのである。なかなか腹がいっぱいにならないわりに、口持ちがいい。甘かろうが滲み出ようが、かまわないのである。

南天のど飴を舐めながら、カレンダーを眺めたのである。カレンダーは陰暦のもので、一月ぶんの日付と、日々の月の満ち欠けが書かれている。陰暦の月の一日目は、必ず新月である。十五日目は必ず満月である。

南天のど飴を舐めながら見たカレンダーの日付は、十五日だった。すなわち、満月の日であった。空を見ると曇っていて、何も見えなかった。

いつもの量の夕食を食べおわってからもまだ小腹がすいていたので、木の実を齧った。一日食べ続けてずいぶん腹がいっぱいになっていたので、木の実をほそぼそと齧った。強い雨が降り続けたときの、最後の細く柔らかい、上がる間際の雨のように、一日続いた食欲もこの時刻になると、細くなるのであった。

充足したような少しがっかりしたような心持ちでカーテンを開けて再び空を見上げると、雲は晴れていて、黄色い満月が見えた。

翌月も多食の日はやってきて、このときには意識してカレンダーを見た。やはり十五日で、月は満月なのであった。

それでは、多食は一ヵ月にいっぺんめぐって来るのか、と、驚いた。そんなにしばしば来るのだとは知らなかった。ただし、一ヵ月といっても、陰暦の一ヵ月である。

陰暦のカレンダーを使いはじめたのは今年からである。たまたま去年の末に買って、部屋のいちばん目につくところに吊るした。買ってから、メールで何人かの人に「陰暦カレンダーを買いました」と、例によって自慢げに書き送ったので、使わないわけにはいかなくなったのである。

西暦とずいぶんずれているので、最初は少し心配したが、毎日の日付の横に、小さく西暦の日付も書いてあるので、案ずるほどのこともなかった。結局は西暦で暮らしているのであるが、いかにも陰暦で暮らしているふりができるのが、なかなかのものなのだった。

その陰暦の一ヵ月の真ん中の十五日になると、多食になることがわかったのである。確認のためにその後数ヵ月間注意してみると、決まって十五日に食欲が深くなった。間違いなかった。

食べたい食べたいと思うのは少し奇妙だ。朝起きてみると腹がへっている、昼になると腹がへる、一日の終わりにも腹がへる、そういう通常の空腹とは違うものである。

多食の日には、ぼんやりできない。食事の合間の空腹でもなく満腹すぎもしない時間にたまに訪れてくれる、ぼんやりと頭に甘いものを注入されたような気分には、決してなれない。ぼんやりがくるかわりに、騒然がやってきてしまう。せっせと食べるために、せっせとした気持ちになってしまう。しかし、そのせっせの奥には淋しいような心持ちもある。淋しいとせっせと食べる。せっせと食べると、さらに淋しい心持ちになる。さらにせっせと食べる。

いくらせっせと食べようと思っても、ふだん胃を鍛えていないから、すぐに限りがきてしまう。そうすると、淋しい心持ちだけが残って、困る。

困ってしばらくたつと、また少し腹に余裕ができて、またせっせと食べる。そうやってせんないような一日を過ごしてふと空を見ると、満月なのである。

満月が淋しいものをどこからか呼び寄せてくるのかと思いながら、じろじろ空を見る。満月は、丸い。一筋も欠けていない丸さである。

隣の家やその隣の家やもっと遠くの家の中にいる人たちも、満月の力で、淋しい心持ちや嬉しい心持ちや恐ろしい心持ちを呼び寄せているのだろうか。そう思いながら、丸丸とした満月を、いつまでも眺める。

満月が終わると、憑きものが落ちたように食欲は去り、再びふんふん鼻唄なんかを歌いながら日を過ごすことになる。

ふんふん歌いながら、原稿を書いたりメールを読んだりする。いったん憑きものが落ちてしまうと、もうぜんぜん淋しい心持ちには、なれない。どんな心持ちだったか思い出そうとしても、思い出せない。腹のあたりが冷たいような心持ちだったか、うろうろしたような心持ちだったか、風邪をひき始めているような心持ちだったか、いろいろ思い出そうと試みるのであるが、駄目である。

思い出せないと、こんどは惜しむ気分になる。満月がくるのを待つ気分になる。十五夜、十六夜、立待月、居待月、寝待月、更待月と、欠けていく一日ずつの月に昔の人が名を付けた訳がわかるようだ。

満月自体のかたちや輝きを惜しむためだけでなく、満月によって呼び寄せられた何かを惜しむ気持ちで、昔の人は、月の満ち欠けを愛しんだに違いないと思うのである。

あるようなないような 5

地下鉄の広尾の駅の階段を上がって正面を見ると、なんだか見たおぼえのある景色があって、いったいそれは何なのかと考えたら、この前どこかの雑誌でじっと見た写真と同じ景色なのであった。

写真は、森を背後にひかえたオープンカフェの写真である。なぜそういう写真をじっと見たかというと、背後にある森がいやになつかしい感じの森だったからである。

森と書いたが、ほんとうは森などではなく、茂みなのである。ただし茂みと言うには少し茂りすぎていて、おまけに木の数が多すぎる。つまりは公園の木が長い年月の間に高くなって枝を広げ、遠くからその一部を見ると、広大な森の一部に見える、しかし実のところは自転車にでも乗ればすぐに一回りできてしまう公園である、というようなものなのだ。森に見えるが、そばに近づくと森でなくなってしまうところが、逃げ水なんかによく似ているので、逃げ森と私は名付けている。

東京には、こういう逃げ森が多い。

広尾のオープンカフェの後ろにある森も、逃げ森の一種なのであった。

東京に住まなくなってから十年くらいたつので、久しぶりに写真で逃げ森を見たのが、なつかしかったのである。

その逃げ森の前のオープンカフェの奥を覗くと、パソコンが置いてあった。三台置いてある。虫が鳴きはじめるくらいの時刻で、大きな犬を連れた人や、黒い上着を椅子の背にひょいと置いて鞄から煙草を取り出そうとしている人などが、ゆったりと道路に面した席に座ってコーヒーを飲んでいる。中の席にも、向かい合ってビールを飲んでいる人たちや高く足を組んでぼうっと天井を見ている人がいる。

パソコンの席には、誰もいない。

ふらふらと入っていって、コーヒーを頼んだ。給仕の人に「あのパソコンは何に使うんですか」と聞くと、「インターネット接続ができます。三十分五百円です」と答える。

パソコン通信にはワープロを使っているので、インターネットの一部しか見られない。見られないうえに、ものぐさなので、あちこちを飛び回ることもしない。知っている人の作ったホームページを一回くらい見ると、もうそれだけで満足してしまう。自分の書いた話もインターネットに載っけてもらっているのであるが、それすらろくに見ない。知り合いの家に行って「インターネットしてますかあ」と聞くと、たいがいの人は「してますよお。けっこう面白いですよお。見ますかあ」と言って、いろいろ見せてくれる。でも、あんまり面白くない。普通のパソコン通信と同じで、きっと毎日微妙に変わっていく情報をのみこんでいないと、楽しめないものなんだと思う。だいいち英語を読むのが下手なので、そりゃあ面白くないのである。小学一年生にマルケスの小説を読ませても面白がらないようなものなのである。そういうふうなので、コーヒーだけ飲んでぼうっとしていようと最初は思っていた。コーヒーは銀のポットに入っていて、ミルクもたっぷりついていて、おいしいのである。二杯飲んでも、まだポットに余っていた。

三杯目を注いだときに、突然写真が見たくなった。

ワープロでインターネット接続をすると、文章は見えるが、映像が見えない。だから、知っている人のホームページも、文章だけは知っているが写真や絵は見ていないのである。そうだ、Tさんの写真を見よう、と思った。

オフ会で一年に何回か会うので、顔はよく知っている。よく知っているが、ほんとうはよく知らない。通信の知り合いは、みんなそうだ。そういう人の写真を、逃げ森の近くにあるよく知らないカフェでひっそりと見たら、どんな感じか、知りたかった。

アクセスすると、Tさんのページがあらわれて、名前をクリックすると、Tさんの自己紹介になった。待っていると、じきに写真が出てきた。

Tさんの顔だった。数ヵ月前のオフ会で会ったTさんの顔にそっくりだった。へんなことに感心するなあと自分で思いながら、ずいぶん感心した。

道でTさんにばったり会ったら、こんなふうに感心するかとも思ったが、少し違う。それではテレビにTさんが出ていたらこういうふうに感心するかとも思ったが、それも少し違う。

ではどんなかというと、部屋の中に置いてある先祖伝来の家宝の箱を開けたら、一回り小さな箱があらわれて、それを開けるとまた一回り小さな箱があらわれ、さらにその中からTさんがぴょんとあらわれた、そんなときにくるだろう感心のしかたなのであった。

三杯目のコーヒーを飲み終わって外を見ると、もう夜になっていた。逃げ森の奥から鳥の羽ばたきが聞こえてくる。鳥が巣に帰る時間なのだろうか。

タクシーが何台もカフェの前を通り過ぎていく。植え込みの木につけてある小さな玉のような電灯が明るく光る。

座って逃げ森を眺めているうちに、逃げ森の奥に、もう一つの森があるような心持ちになってきてしまった。今逃げ森に踏み入ると、公園の境である鉄の柵は見当たらず、ただ奥へ奥へと続く森が代わりにあるに違いない。その森の梢や木の陰には、今まで見知った人や見知ったものたちがかくれていて、歩いていく間にちらりちらりと姿を見せてくれるのに違いない。そうすると私は、Tさんの写真をカフェのパソコン画面上で見たときのように「へえぇ」と大いに感心してしばらく立ち止まり、それからまたどんどん奥へ歩いていくに違いない。そんな心持ちになってきてしまったのである。

勘定をすませ、通りに出てからふらふらと逃げ森に入って行きそうになって、思いとどまった。手を上げてタクシーを止め、渋谷まで乗った。逃げ森の気配のない渋谷の東急プラザ前で降りた。それから、急いで井の頭線に乗った。

あるようなないような 6

十一月になると、散歩に行きたくなる。

むろん十一月以外の月にだって散歩には行くのだが、厚地の服を着て重い靴をはいてマフラーなんかを巻いて行く十一月の散歩は、いかにも散歩らしい。

いくつか記憶に残る十一月散歩があるが、中でも印象深かった二回の十一月散歩のことでも書いてみようか。

一回目は高校生の頃のことである。井の頭公園を散歩した。

井の頭公園には大きな池がある。かいつぶりや鴨やおしどりが飛来する池で、鯉も多い。黒々とした鯉が水面近くまで浮いてきて、鼻先だけを水面に突き出してぱくぱくと空気を吸う。跳ねることはめったにないのだが、池の南側に立つ赤い鳥居から少し奥まった水面では、なぜだかわからぬが五分に一回くらいは、大きな鯉が跳ねた。鯉が跳ねたくなるような場所だったのか、跳ね好きの鯉が住む場所だったのか、ともかくそこのベンチに座ってじっと待っていると、必ず跳ねてくれた。

ぐるりと池のまわりを散歩しながら、鳥居に向かっていたのだ。鯉が跳ねるのを二三回見たら、家に帰ろうと思っていた。さあもうすぐだ、と思ったら、音が聞こえはじめた。不安定だがなんだかなつかしい音だった。歩いていくと、音は大きくなる。笛やらっぱや太鼓の混じった音だった。あまり上手ではない、鼓笛隊ふうの音なのだった。ただし、隊、というほどのボリュームはない。笛が数人、らっぱが一人、太鼓が一人、あと少々、そんな感じの音だった。

鳥居まで来ると、演奏している人の姿が見えた。小学生だった。思った通り、笛が二人らっぱが一人アコーディオンが一人首からかける太鼓が一人、それにシンバルが一人。少人数の鼓笛隊なのであった。

練習中に申し訳ないかと思ったが、少し疲れたので、ベンチに座った。六人の小学生たちはちらりとこちらを見たが、そのまま演奏をつづけた。それまで演奏していた行進曲を終えると、シンバルの子供がはっきりとした声で「さん、はい」と言い、鉄腕アトムを演奏しはじめた。

笛とアコーディオンが主旋律を歌い、らっぱが高音の装飾を行い、太鼓は正確にリズムをきざんだ。この曲は、先ほどの行進曲に較べるとなかなかうまい。感心して聞いた。「そーらーをこーえてー」と一緒に小さく歌ったりした。笛の子供もアコーディオンの子供も太鼓の子供も、気持ちよさそうに演奏している。しばらくうっとりと聞いていた。ところが、突然気がついたのである。

シンバルがぜんぜん鳴らないのであった。シンバルの子供は、律儀にシンバルを肩の高さに持って構えている。しかし、間奏の部分にきてもシンバルは鳴らない。あの、「ラーラーラララー」というところである。半ズボンをはいて、真面目な顔をしたシンバルの子供は、じっと肩の高さにシンバルを構えている。

二番になっても、まだシンバルは鳴らなかった。いつ鳴るかとはらはらしながら、知らぬふりをしつつ耳を澄ませた。

結局「てつわーんー、アトームーーー」という最後の「ムーーー」で、はじめてシンバルは鳴らされた。でも、予想どおり、「鉄腕アトム」にシンバルは似合わなかった。やたらに大きな音のシンバルが、それまでの軽快な調子を一挙に打ち壊し、曲は間抜けな感じで終わった。

正確に打ち合わされたシンバルの余韻が消えると、シンバルの子供が「じゃあ」と言い、六人は黙々と楽器をしまった。それから、かたまって歩いていった。シンバルの子供が先頭を歩き、太鼓の子供がしんがりを歩いた。

夕暮れで、子供たちの影は薄く長かった。子供たちが見えなくなると、鯉が数回つづけて跳ねた。

二回目は去年の十一月のことである。待ち合わせをして散歩に行った。版画専門の美術館の周りにある森を歩きまわろうと言って、待ち合わせたのである。

十一月の中でもかなり寒い日で、自然に早足になった。駅から美術館までゆっくり行って十五分くらいのところを、七分くらいで行った。これでは散歩にならないと思いながら、どんどん歩いた。美術館の中は暖かいだろうと思って、どんどん歩いたのであった。

ところが美術館は休みだった。ろくに調べないで行くので、こういうことになる。仕方なく美術館のまわりをまた早足で歩きはじめた。ベンチがあったが、少し座ると冷えてしまって、すぐに歩き出す。「このごろ元気？」「うん、こないだ久しぶりに麻雀して負けた」「それは元気」なんて会話を交わしながら、早足で歩く。

めったに会う人ではないのでもっとよもやま話をしたいのであるが、なにしろ寒いので歩く方に気持ちが行く。森の中も歩いて森のふちも歩いてまた美術館に戻ってそれからまた森を歩いて、少し暖まったので、またベンチに座った。

「元気？」と、また聞いた。合言葉みたいなものである。「うん」、と合言葉を返してくるかと思ったら、こんどは相手が「失恋したんだ」と始めた。驚いた。

いかに失恋し、いかに悲しみ、いかに腹を立て、いかに対処したか、を相手は早口で喋った。早口なのは、きっと寒いからだった。驚いたまま、全部を聞いた。

話が終わるとまた寒くなったので、早足で駅の方に戻り、昼を食べた。カウンターだけの定食屋に入り、相手は肉豆腐定食を、こちらは茄子炒め定食を、頼んだ。みそ汁を飲むうちにやっと体がほころび始め、顔を見合わせて、笑った。茄子や豆腐を食べながら、店の人とその日の天気の話をし、それから少しよもやま話をした。いつもよりも少し早口で、あれやこれやを、喋りあった。

十一月の道は乾いていて、落葉樹の葉はどんどん落ちてきて鴉はぴょんと音をたてて枝から枝へ飛び移ったりする。この時期、きっとあちらでもこちらでも、散歩好きたちがこっそりと歩きまわっているに違いない。

そういえば、二回目の十一月散歩から帰って夜アクセスすると、散歩好きのHくんからメールが来ていた。メールにはこんなことが書かれていた。

「さっき散歩に行ってきたよ。猫一匹いなかったけど、思ったより寒くなかったな。雪が降ったら、長靴をはいて散歩するつもり」

暖かな部屋で昼の寒さを思い出しながら、返信を書いた。

「元気だね。早く雪が降るといいね」

オンラインで、昼の早口の続きのような気持ちで、返信を書いた。

あるようなないような7

誕生日が一年に一回しか来ないのはつまらないと思ったので、贋の誕生日をつくることにした。

いろいろ考えたすえ、十二月三日に決めた。いろいろ考えたといっても、たいした考えはない。なんとなく語呂のいい日にしただけである。

ほんとうの誕生日を喧伝するのは恥ずかしいが、贋の誕生日ならば少しくらい言いふらしても大丈夫だろうと思い、パソコンネットの自己紹介のところにこんなふうに書き込んだ。「このたびあらたな誕生日を決めました。十二月三日に決めました。今年の十二月三日は友引です。ちなみに血液型はA型です」

書き込むとすぐに忘れて、いつものあるようなないような生活に戻った。小さな蟹を飼いはじめたばかりだったので、蟹用の水槽を手に入れたり図書館に行って蟹の食べるものを調べたりするのに忙しかったし、水槽に蟹を放すと、いくら注意していてもつるつるしたガラスを蟹が這い上って外に出てしまうので、今度は水槽の覆いをつくらなければならなかったのだ。

そうこうしているうちに贋の誕生日が近くなった。

「新しい誕生日が決まったのですね。少々驚きました。私は年に一回しか誕生しませんでしたが、川上さんは年に二回誕生したわけですね。そう言われてみればそんな感じもします。

プレゼントは何がいいですか」

Mさんからこんなメールが来たので、「じゃこがいいです」という返信を書いた。Mさんは関西に住んでいる。関西のじゃこは、よく乾燥している。関東のじゃこは湿っていて水に入れるとじきに腐ってしまうが、関西のよく乾燥してあるじゃこは長持ちする。蟹にちょうどいい。

「承知しました。

ところで私の血液型はOです」

返信の返信が来たので、「よろしくお願いします」とメールした。メールしてから、急に済まないような気分になった。誕生日にと贈ったじゃこを、わたしよりも蟹が多く食べると知ったら、Mさんは気を悪くするかもしれない。「蟹にもじゃこを食べさせていいですか」と追伸を書こうかとも思ったが、まだじゃこを実際に送ってもらう前からそんなことを書くのもさしでがましい。通信は早くていいのであるが、こういうところが困る。困るというのもへんな話か。

「今日じゃこを買いにいきました。ちょうど京都に出る用があったので、錦市場まで足をのばしました。なかなかいいのが手に入りました。あらたなお誕生日には是非このじゃこを食べて長寿でも祈ってください」

そういうメールがMさんから来たのは誕生日の三週間ほど前だった。
あわてた。

天下の錦市場である。錦市場のじゃこである。ますます蟹に食べさせにくくなる。蟹は相変わらず水槽のガラスをかさかさとよじ登っている。ガラスのてっぺんまで行くと覆いに当たってしまうので、このごろはガラスの途中まで上りそこでじっとしているようになった。

「ちょっとこのごろ風邪ぎみ。そちらはお元気ですか?
川上さんにと買っておいたじゃこ、少し食べちゃいました。風邪でカルシウムが足りないような気がしちゃったので。でもまだいっぱいあるからじきに送るね」

贋誕生日の一週間ほど前だった。Mさんは風邪をひき、少しじゃこを食べ、でもまだじゃこはいっぱいある。蟹は六匹とも元気で風邪もひかず、米粒なんかを夜の間にばりばり食べている。夜行性に近い蟹なのである。「風邪お大事に。じゃこ、楽しみにしてます」と返信し、蟹の水槽を久しぶりに洗ったりした。

「今日送りました。風邪はおかげさまですっかりよくなりました。

冬の大阪は風が強くて寒いです。そちらはいかが」

蟹は一匹死んで、しかし後の五匹はよく動き回っていた。

「こちらは盆地のような場所なので、冬はわりと暖かです。温泉が出る町なので地熱で暖かいのかもしれません。蟹は元気です」そう返信を書いて、出した。出してから、蟹のことを今までMさんに話していなかったことに気がついたが、もう出してしまった後だった。

少し頭が痛くてぼんやりしていた。

「蟹を飼ってるんですか。じゃこ、もしよかったら蟹にも分けてあげてね。

贋誕生日おめでとう」

十二月三日にMさんから届いたメールを開いてから数時間後にじゃこの小包が届き、わたしは風邪をひいたらしくて鼻水と咳がたくさん出て、かみすぎた鼻の下を赤くしながら郵便局の人の差し出す紙に印を押して小包を受け取った。

「じゃこ、おいしかったです。蟹にもやりました。風邪を少しひきました」とMさんにメールすると、

「風邪お大事に。私のがうつったかな。じゃこ、けっこう効きますよ」

と返事がきて、贋誕生日はこうして無事に終わった。自己紹介をいつもの普通のものに書き直し、風邪を治すためにじゃこを何匹か食べた。

師走である。

あるようなないような 8

去年の話である。

メールオセロというのを始めた。

といっても、私は駒を打たない。ただ観戦しているだけである。メール上のオセロの盤に黒白の丸が増えていって、ゲームをしている二人がそれにつれてよしなしごとを喋ったりする。そこに横から口をはさむのである。

オセロをするのは散歩好きのHくんと物知りのFさん。

Fさん「うどん食べたいねえ、寒い寒い。Cの6に●」

Hくん「それじゃ僕が葱きざんであげましょう。きざめるかって？　ノープロブレムよ、はいはいはいはいはい。B5○」

私「ところでこの盤目、なんだかコアラが驚愕してる顔に見えないですかあ」

なんて会話を交わしながら一日一手くらいで進んでいった。冬晴れの日が続いて、窓の下に見えるもみじや桜の葉が赤くなっている。散歩にも飽きたし、冬に備えて洗濯をたくさんしたり漬物を漬けたり昔覚えた歌をうたったりして日を過ごしていた。その合間にオセロのメールが送られてくるのだった。

Fさん「うーむ私はオセロ、自慢じゃないけど弱いんだ。でも負けないぞー。じゃあDの4●」

Hくん「弱いって言いながら負けないぞーっていうのがヘボい！　ヘボヘボ二級に認定（公認）してあげましょう。C3に○」

Fさん「ほーそう来たか、じゃあBの7に●ね。いやあそれにしてもヘボヘボ二級ね。嬉しいなあ」

私「こないだ朝顔の種採ったよ」

あんまりかみ合わないまま話が進んでいく。オセロも進んでいく。

中盤にさしかかってHくんが優勢になったところで、風邪をひいた。家族からうつった風邪で、家族のどの人間も軽くすんだから私も軽くすむだろうと思っていたのが油断だった。

おかしいなと思ったら、もう重くなっていた。胃腸にくる風邪なのであった。

寝つきはいいはずなのに、眠れない。どうして眠れないのか最初はよくわからなかったのだが、腹が痛いのだった。腹などめったに痛くならないので、いったい自分の腹が痛いのか痛くないのかの区別もよくつかないのである。半分眠っているせいかもしれなかった。痛いと気がつくと、急に痛くなってくる。痛んでいいという許しを誰かに得たような感じだった。いったい誰に許してもらったものか。

臍のまわりがきゅうっと痛くて、数十秒痛んだ後、痛くなくなる。痛くなくなると眠いのですぐに眠るが、また二十分もすると痛くなるので「ひゃあ痛い痛い」と目を覚ます。また眠る。また痛む。

そうこうしているうちに、痛みの間隔が五分おきくらいになった。何回も痛みの波が来るので、反射的に息を吐いて痛みを逃そうとする。息を吐いて気持ちを「ほんとはこれ、あんまり痛くないんだよーん」というふうに持っていくと、少し痛みが減るような気分になる。

五分おきになってしばらくして、なんだかこれは前にもあったことのように思えてきた。思い出した。陣痛に似ているのだった。

陣痛みたいなものなら病院に行かなきゃなあ、しかし子供は腹にいないしなあ、おかしいなあ、などと考えながら、午前二時の夜間救急病院に電話をした。救急車を呼ぶことも考えたが、救急車に乗るほど自分が重篤な患者であるとはとても思えなかった。だいいち後で知り合いに「救急車、乗ったでしょう。どうだったあ」なんて聞かれたら、照れる。タクシーで行くことにした。

来たタクシーに乗って、山の上の救急病院に運ばれた。

「お客さん、痛いときは痛そうですね」

「はあ。痛いときは痛いんです。痛くないときは平気なんですが」

「そういうもんでしょうかねえ」

痛みの合間にそんな会話を交わしながら、タクシーに乗った。病院につくと受付によろよろしながら行き、「川上です」と言った。タクシーの運転手さんが不安そうに見ている。大丈夫です、と手を大きく振ると、受付の人がじっと見る。

「一人で来たんですかあ」受付の人が言うので、

「いやあ、タクシーで来ました」と答えると、怪訝な顔をされた。ぼんやりした気持ちになっていたのでわからなかったのだが、どうやらへんなことを言ったらしい。病室に入って、夜勤の医師と看護婦さんにいろいろ質問をされて答えて、その合間に五分おきの痛みがきて、

「ひゃあ痛い、やっぱり陣痛ですかね」と言うと、医師も看護婦さんも、

「ええっ、あなた妊娠してるんですかっ」と慌てる。冗談が通じないと思ったが、後で考えれば、深夜の救急病院で冗談を言うほうが間違っているのであった。

痛み止めを打ってもらったら簡単に痛みはおさまり、すぐに帰っていいかと思ったら
「入院しましょう」と言われて、驚いた。

「ご家族は、外にいますか」と聞かれ、

「いやあ、家にいます」とのんびり答えると、

「ええっ、普通は心配してついてきますよっ」と怒られた。

でも家で充分心配していてくれるのになあ、一緒にきて飛んだり跳ねたりしても役にたたないんだし、と思ったが、それを言うとまた怒られそうなので黙った。

「しょうがないですねえ、ご家族も来られないようなおうちなら、入院しない方がいいかもしれませんねえ」形勢が変わってくる。結局、私は家族にもあまり省みられないかわいそうな患者で、きっと病院にもあまり通えないだろう、と医師と看護婦は判断したらしく、通わなくてもいいようにと山ほどの薬をもらった。なんだか間違った判断のようにも思ったが、わざわざ訂正することもないので、もらっておいた。

家に帰って、ぐっすりと眠った。痛み止めの皮下注射がよく効いたのであった。

翌日は一日寝ていてアクセスしなかったが、翌々日にはもうごそごそと起きてアクセスしてしまった。寝ていなければならないので、メールだけ落として、プリントアウトした。寝床の中で何回か読もうと思ったのである。

オセロは三目進んでいて、こんどはFさんが少し優勢になっていた。

Hくん「このごろよく眠れてねえ。Dの8に○」

Fさん「ほいほい、G7に●でどうだ。冬は眠いよね。冬眠の季節だし」

メールが書けるくらい元気になったら、深夜タクシーの窓から見た夜間工事現場の照明がきれいだったことでも書こう、と思った。

あるようなないような 9

海老は好きなのだが、少し苦手だ。

どこが苦手かというと、跳ねるところである。足や触覚が一方的についていて、しっぽの立派さがもう片方にある。不均一なかたちなのである。不均一なので、いったん跳ねはじめると、はなはだしく跳ねることになったりする。そこが苦手なのである。

少し前に、小さな島に遊びに行った。まわりの海で海老がとれる。

なんにもない島だが、島ぜんたいが丘陵になっていて、散歩なんかすると、ギリシャあたりにある島に迷い込んだような気分になって、嬉しい。ギリシャには行ったこともないのだが、きっとギリシャはこうに違いないと私が勝手に信じ込んでいる様子と似ているので、ほんもののギリシャと違ったとしても、かまやしない。

その偽ギリシャのこまかな家の間にある小路を歩くと、突然知らない家の裏手に出たり、そのまま行くとまた知らぬ家の納屋のようなところに出てその納屋を覗くと牛だか大きな犬だかが奥につないであったりする。さらに行くと、突き当たりになって、困ったと思っているど突き当たりの向こうに人一人も通れないような横道があって、そこに入って歩くと、丘陵のてっぺんに出たりした。

一日ただ歩き回って疲れたすえ、ぬるい温泉に漬かった。釣りをする人たちくらいしか来ない島なので、たいした温泉もないし、遊戯施設もない。卓球台はあるのだが。露天風呂とかサウナとか、そういうものがないのは、ちょっとえらいと思った。このごろの温泉はかならず「泡風呂、サウナ、露天風呂」がセットになっていて、この一つでも欠けたところはさぞ肩身が狭いだろうと思わせるところが、なんとなく窮屈なのだが、ここの島の温泉はほんとにただの温泉で、何の仕掛けもないところが、かえってすがすがしいのだった。散歩もして温泉にも入って、さあ夕食である。夕食も、味付けが濃くて、盛りつけも定型に沿った様子で、これぞ日本古来の観光旅行とほくほくしながら食べていると、襖が開いて、旅館の女中さんがお盆をささげるようにして入ってくる。何ごとかと眺めていると、女中さんは誇らしげに大皿を食卓に載せた。大皿には、はんぶん生きている車海老が殻を剝かれて並べられていた。

「まだ生きていますので、跳ねるかもしれません」と言い残し、女中さんは去った。私と連れは顔を見合わせて、途方に暮れた。箸をつけると、海老は、びょーん、と反り返る。殻を剝かれて身と頭だけになっているのに、びょんびょん反る。こんなものをどうやって食べればいいのか。

一度は箸で取って醤油につけてみた。びょんびょんは相変わらず激しく、醤油が飛び散る。ひゃあ、と言いながら大皿に戻してしまう。連れも同じように箸でつまもうとした。連れの海老は私の海老よりもさらに威勢がよく、ものすごい勢いで反ったかと思うと、箸をはねとばして、畳に着地した。

こんな海老、とても食べられないよ。

でも。おいしそう。

そんな会話を交わしながら、しばらく途方に暮れた。海老をほっておいて他のものを食べてはまた海老に戻り、ふたたび畳に逃げられた。そんなことを三回ほども繰り返してから、やっと海老を食べることができた。跳ねるのは怖かったが、そのまま皿に置いておいて反り続けられるのもいやだった。怖いいやだと思って食べた海老だったが、ものすごくおいしかった。

去年の暮れには、名古屋の知り合いから伊勢海老を送ってもらった。ゆうパックのいちばん小さな箱で送ってきた。箱の中にはおがくずがいっぱいに詰められ、伊勢海老の姿は見えない。蓋を開けても海老はぜんぜん動かない。触覚が二本、突き出ている。嚙みつかれるような気がして、ゴム手袋をしてからおがくずの中を探った。かまきりを摑む要領で、海老の胴を摑む。赤黒い伊勢海老が、あらわれた。車海老の経験があるので、いつ跳ねるかいつ跳ねるかとびくびくしながら、そのまま流しに置いた。ぜんぜん動かない。もう死んでいるのかとおもって少し油断した。その途端に、ものすごい音をたてて、跳ねはじめた。流しのステンレスをかなづちで叩くような音をたてて、尻尾を力いっぱい打ちつける。車海老のときは、そりゃあ跳ね方はみずみずしかったけれど、殻も取れていたし、音なんかしなかった。ところが、殻つき新鮮伊勢海老は、大音量をたてるのであった。

あんまりびっくりして、三十センチほど飛び上がって、それから二粒ほど涙を流した。そのあとは、笑いが止まらなくなった。驚いたときにはなるほど私はこういう反応を行うのだなあと思いながら、笑った。笑いながら、ふたたび箱の中をゴム手袋をしたままで探った。

もう一匹いる。これも最初ぜんぜん動かなかったくせに、流しに置いてしばらくするとさかんに大音量で跳ねる。もう一匹。こんな小さな箱なのに、たくさん入っている。まさかもういないだろうとおがくずを底まで探ると、触覚そっくりの茶色いものがずるずる出てくる。

え、底にいた一匹が萎びちゃったんだろうか、と、びくびくして、でも笑いを止められないまま引き出すと、なんのことはない、おがくずの底にしいてある藁だった。まったく心臓に悪い。そこらのホラー映画よりも、よっぽど怖かった。

伊勢海老の箱には海老の調理法が図解してあって、それによると、いちばんおいしいのは「お造り」である。生きた海老の胴をがりがり切り取って頭をつけたまま切れ目を入れて醤油と山葵で食べる、とある。そんなこと、できっこない。あんなに跳ねるものの殻をどうやって剝がせというのだ。とんでもないとんでもないと呟きながら、大鍋で三匹の伊勢海老を茹でた。きっかり七分間、茹でた。笑いながら、茹でた。

茹で上がった海老の殻を剝いて（もう跳ねない）、そのままぶつぶつ切って溶かしたバターと塩をつけて食べてはビールを飲んでいると、伊勢海老の贈り主から電話があって、「どうでした」と言う。「あんまりおいしそうなんで、お正月が来る前に食べちゃいました。今ちょうど食べてるところです」と言うと、贈り主は嬉しそうに笑った。すぐに調理したのは、ほんとうは怖かったからで、でもそれは贈り主には言わない。跳ねる海老を見ながらものすごくたくさん笑ったので、ビールがおいしかった。ときどき怖いのが戻ってきて、小さな笑いの発作がきたが、それでもやっぱり、海老はすごくおいしかった。

海老を食べおわってから、今年最後のオフ会にでかけた。

あとがき

毎日の生活の中で考えたよしなしごとを書いた文章を、集めた本です。中のいちばん古くに書いた最終章の「あるようなないような」は、九五年の文章で、パソコン通信の雑誌に連載していました。それからまだ四年しかたっていないのに、すでにパソコン通信が過去のものになりつつあることに、驚きます。

同じ章の「エレクトロニックカフェに行った」も、なつかしい思い出です。たった四年前なのに、まだ「インターネットって何？」「書いてあるのはほとんど英語だっ、困った困った」だったのです。この分野の進みの速さをつくづくと知らされました。

でも、変わっていないものも多いですね。

生活していくうえでの人間のいとなみは、たぶん大昔からそれほど変わっていないのです。私自身の中でのものごとの感じ方というものも、よく考えれば小学校のころからさほど進歩もせず深くもならず変化なし……です。ちょっとなさけない。

そうやって日々の中で感じた「あるようなないような」こと、お読みいただければさいわいです。

本をまとめるにあたって中央公論新社の横田朋音さんにたいへんお世話になりました。ありがとうございます。

一九九九年十月

川上弘美

文庫判のためのあとがき

文庫にするために久しぶりに読み返してみて、驚きました。

なんて月日のたつのは早いのでしょう。

といっても、自分の変化に驚いたのではありません。

文章の中に出てきたひとたちのことを思って、驚いたのです。

たとえば、最終章の「あるようなないような」に出てくる、若い「散歩好きののＨくん」。これを書いた当時彼はまだ大学生で、パン屋さんのアルバイトをしていました。のんびりメールオセロなんかしていた彼は、今では小説家になっています。つい先ごろ芥川賞を受賞した、長嶋有さんです（「Ｈ」という頭文字は、当時彼がパソコン通信上で使っていたハンドルネームの「ＨＩＹＯＲＵ」に由来します。オフ会で会う彼のことを、みんなは親しみをこめて「ひよちゃん」と呼んでいました）。

もう一人、同じ「あるようなないような」に出てくる、関西在住でわたしの贋誕生日に錦市場のジャコを送ってくれた心優しい女性Ｍさんも、現在小説家として活躍しています。

第十一回日本ファンタジーノベル大賞優秀賞を受賞した森青花さんです。

会えばあのころとぜんぜん人間の中身は変わらないけれど、二人とも、仕事や生活はずいぶん変わったことだろうと思います。自分自身は変わらず日々を過ごしているように思っているのですが、友だちの変化をかんがみてみると、感慨深いものがあります。やはり、時は過ぎるのですね。

時が過ぎて、わたしの文章の癖みたいなものも多少変わって、今読むと気恥ずかしいようなところもあるのですが、あの頃の空気がなつかしくもあります。次にこの本を読み返す時、友だちや世の中や自分は、どんなふうに変わっているのでしょう。そして読者の方は。少しこわいような、楽しみなような、ですね。

二〇〇二年九月　　　　　　　　　　川上弘美

初出一覧

「困ること」:『新潮』1996年5月号 新潮社
「蛇や墓や」:『すばる』96年9月号 集英社
「祭の夜」:『新刊ニュース』96年10月号 トーハン
「秋の空中」:『労働基準』97年1月号 労働省労働基準局
「かばん症」:東京新聞 96年9月28日
「豆腐屋への旅」:『旅』98年3月号 日本交通公社出版事業局
「あめつちにつづく道」:『太陽』98年1月号 平凡社
「丸四角」:『文學界』97年2月号 文藝春秋
「嫌」:『新潮』98年4月号 新潮社
「蹴ってみる」:『文芸家協会ニュース』98年3月 日本文芸家協会
「なまなかなもの」:『婦人公論』98年4月22日号 中央公論社
「頭蓋骨、桜」:毎日新聞 97年4月15日夕刊
「『きー』」:『現代』98年11月号 講談社
「どうしよう」:大阪読売新聞 98年9月8日/「ずれる」:同9日/「花火」:同10日/「電話」:同11日/「海」:同14日/「散歩」:同16日/「恐怖症というもの」:同17日/「酒無き国」:同18日/「晴れますように」:同24日
「境目」:日本経済新聞 98年11月1日
「水にうかぶ桜」:『かまくら春秋』99年4月号 かまくら春秋社
「裏側の風景」:『新潮』99年5月号 新潮社
「魚の顔」:共同通信 96年7月25日配信
「不明」:朝日新聞 96年8月20日夕刊

「海のもの」:『中央公論』96年10月号 中央公論社
「近所の大仏」:時事通信 96年7月30日配信
「小説を書きはじめたころ」:『小説トリッパー』98年春季号 朝日新聞社
「活字のよろこび」:『季刊・本とコンピュータ』98年夏季号 トランスアート
「図書館と屈託」:『神奈川文化』96年11-12月号 神奈川県立図書館
「弟・京都・金魚掬い」:『月刊国語教育』97年12月号 東京法令出版
「武蔵野のこと」:『アルカス』98年12月号 日本エアシステム
「遠いらっぱ」:『年金』98年11号 全国社会保険協会連合会
「立ってくる春」:『家庭画報』99年2月号 世界文化社
「桜」:読売新聞 96年3月28日夕刊
「買い物のよろこび」:毎日新聞 98年8月17日夕刊
「世界の終わりの『サザエさん』」:『想い出の風景』98年 東急文化村
「Monkey」:『海外作家の文章読本』99年5月 新潮社
「穴」:朝日新聞 99年1月5日夕刊
「見ぬもの清し」:朝日新聞 99年5月11日夕刊

「読書ノート」:『文學界』95年7月号 文藝春秋
「この三冊」:毎日新聞 96年9月30日
「ゆるやかに効く薬」:『本の話』97年1月号 文藝春秋
「しみ込みやすい人」:『週刊読書人』96年12月27日号 読書人
「私のベスト2 一九九八」:リテレール別冊10『ことし読む本・いち押しガイド98』97年12月 メタローグ

「バラード、だいすき」：『ＳＦマガジン』97年3月号 早川書房
「おいしい小説」：中公文庫版『パプリカ』筒井康隆著 巻末解説 97年3月 中央公論社
「読書日録」：『週刊読書人』97年7月18日/25日/8月8日 読書人
「わが青春のヒロイン 一九七四年」：朝日新聞 97年7月19日夕刊
「私の一冊 夏目漱石『文鳥』」：97年10月 新聞週間広告
「生肉のこと」：『本の話』97年12月号 文藝春秋
「まじないとしての少女マンガ」：『鳩よ！』98年4月号 マガジンハウス
「未熟さを選ぶ者たち」：『ユリイカ』98年4月号 青土社
「たぐいまれなる友」：『鳩よ！』98年7月号 マガジンハウス
「川端文学・私の一篇『掌の小説』」：『新潮』98年6月号 新潮社
「ごうつくばあさま」：『週刊文春』98年7月9日号 文藝春秋
「恋文」：『文藝春秋』96年11月号 文藝春秋
「短歌と俳句」：『かばん』96年特別号
「近代俳句・この一句」：『新潮』96年11月号 新潮社
「わたしの好きなこの一句」：『鳩よ！』97年2月号 マガジンハウス
「鳩である」：『俳句朝日』97年5月号 朝日新聞社
「エレクトロニックカフェに行った」：『文學界』96年1月号 文藝春秋
「あるようなないような１～９」：『パソコン通信GAZAPEE』95年7号-15号 エーアイ出版

「あるようなないような」一九九九年十一月七日　中央公論新社刊

中公文庫

あるようなないような

定価はカバーに表示してあります。

2002年10月15日　初版印刷
2002年10月25日　初版発行

著　者　川上《かわかみ》 弘美《ひろみ》

発行者　中村 仁

発行所　中央公論新社　〒104-8320 東京都中央区京橋 2-8-7

TEL 03-3563-1431(販売部)　03-3563-3692(編集部)　振替 00120-5-104508

Published by CHUOKORON-SHINSHA, INC.
URL http://www.chuko.co.jp/

本文・カバー印刷 三晃印刷　製本 小泉製本
ISBN4-12-204105-8　C1195　Printed in Japan
乱丁本・落丁本は小社販売部宛お送り下さい。送料小社負担にてお取り替えいたします。

中公文庫既刊より

か-57-1
物語が、始まる　川上弘美
砂場で拾った〈雛型〉との不思議なラブ・ストーリーを描く表題作ほか、奇妙で、ユーモラスで、どこか哀しい四つの幻想譚。芥川賞作家の処女短篇集。
ISBN4-12 203495-7

か-57-2
神様　川上弘美
四季折々に現れる不思議な生き物たちとのふれあいと別れ。心がぽかぽかと暖まりなぜだか少し泣けてくる、うららでせつない九つの物語。ドゥ・マゴ賞、女流文学賞受賞。
ISBN4-12 203905-3

お-51-1
シュガータイム　小川洋子
春の訪れとともに始まり、秋の淡い陽射しの中で終った、私たちのシュガータイム。青春最後の日々を流れる透明な時間を描く長篇。
ISBN4-12 202086-7

は-45-2
強運な女になる　林真理子
大人になってモテる強い女になる。そんな人生ってカッコいいではないか。強くなることの犠牲を払ってきた女だけがオーラを持てる。応援エッセイ。
ISBN4-12 203609-7

む-4-3
中国行きのスロウ・ボート　村上春樹
1983年——友よ、ぼくらは時代の唄に出会う。中国人とのふとした出会いを通して青春の追憶と内なる魂の旅を描く表題作他六篇。著者初の短篇集。
ISBN4-12 202840-X

む-4-4
使いみちのない風景　村上春樹 文　稲越功一 写真
ふと甦る鮮烈な風景、その使いみちを僕らは知らない——作家と写真家が紡ぐ失われた風景の束の間の記憶。文庫版新収録の2エッセイ、カラー写真58点。
ISBN4-12 203210-5

よ-25-3
ハネムーン　吉本ばなな
世界が私たちに恋をした——。別に一緒に暮らさなくても、二人がいる所はどこでも家だ……互いにしか癒せない孤独を抱えて歩き始めた恋人たちの物語
ISBN4-12 203676-3